문학과지성 시인선 565

만약 우리의 시 속에 아침이 오지 않는다면

김중일 시집

문학과지성사

문학과지성 시인선 565

만약 우리의 시 속에 아침이 오지 않는다면

초판 1쇄 발행 2022년 3월 28일
초판 2쇄 발행 2023년 7월 13일

지 은 이 김중일
펴 낸 이 이광호
주   간 이근혜
편   집 방원경 최지인 이민희 조은혜 박선우
펴 낸 곳 ㈜문학과지성사
등록번호 제1993-000098호
주   소 04034 서울 마포구 잔다리로7길 18(서교동 377-20)
전   화 02)338-7224
팩   스 02)323-4180(편집) 02)338-7221(영업)
전자우편 moonji@moonji.com
홈페이지 www.moonji.com

ⓒ 김중일, 2022. Printed in Seoul, Korea

ISBN 978-89-320-3954-1 03810

문학과지성 시인선 565

만약 우리의 시 속에
아침이 오지 않는다면

김중일

시인의 말

한 사람의 죽음이 가져오는 파장 또는 물결.
한 사람의 죽음이 일으키는 세상의
새 리듬에 대해서 생각해보았다.
한 사람의 죽음은 세상을 리셋시키고 재가동시킨다.
사랑하는 사람을 산으로 모시기 전에
입관식을 지켜본 적이 있다.
나무 관 속에 망자가 들어가자,
마치 새로운 건전지를 끼워 넣은 듯 내가 알던 세상이
전혀 다른 리듬으로 작동되기 시작했다.
슬프도록 경이로웠다.
그것은 좋거나 나쁘거나의 차원이 아니었다.
그저 새로운 세상이 펼쳐지고 있었다.
세상에 아직 죽은 이들 그리고 어린 이들과 함께 살아갈.

2022년 봄
김중일

만약 우리의 시 속에 아침이 오지 않는다면

차례

시인의 말

세상 그 어디에나 살고 있는, 무수한 '너'에게
우리가 '시' 속에서 함께 보낸 회복의 시간을
무한히 계속될 그 시간의 극히 일부를
잠시 붙잡아둔 이 시집을

가장 큰 직업으로서의 시인
─아무도 접속하지 않은 채널의 접속을 기다리며 하는 상념

지금 만나러 가는 너의 직업은 시인이라고 한다.

시인도 직업일까, 한 번쯤은 물어보고 싶은 마음을 알고 있는 듯 너는 묻지도 않았는데 만날 때마다 대답한다.

시인은 가장 큰 직업이다.

마치 스스로 드는 미심쩍음에게 하는 대답인 것처럼.

나는 그것을 다짐이라고 생각해도 좋을까.

'가장 큰 직업'이란 말이 좀 걸린다.

그 말은 어쩌면 직업 따위가 아니라는 뜻이 아닐까, 하는 생각에 이른 건 최근의 일이다.

'가장 큰 직업'이란 당최……

무엇일까, 식상하게 삶이나 죽음 같은 것만 아니면 나는 상관없다.

열심히 노동하여 집을 지으면 폭풍이 와도 튼튼한 집이 남지만

열심히 밤새 지은 '시'라는 채널의 관건은

지극히 개인적으로, 얼마나 큰 슬픔을 나누고 허무는가에 달렸다.

아침 해와 함께 흔적 없이 증발하는

실체가 남지 않는 일을 직업이라고 할 수 있을까.

아무래도 '가장 큰 직업'은 직업이 아니라는 뜻이 분명하다.

무작위로 배정되는 한 편의 채널에 접속을 기다리며 들었던 상념들을 서로 나누며

빨래 개기를 마친 너는 노동의 대가로 배달 음식을 시킨다.

휴대폰을 집어 들면서 함께 있는 공간을 둘러보며 한마디 덧붙인다.

이런 수십 개의 채널을 모아놓은 한 권의 시집은 말이야

다림질까지 한 듯 기막히게 반듯이 개어놓은 시인의 속옷 같단 말이야.

세상에 존재하는 표백제로는 아무리 빨아도 결코 다 빠지지 않는 슬픔의 때가 미량이나마 껴 있어서, 결국 죽을 때까지 제대로 입어보지도 못하고 계속 다시 빨아야 하는.

빨다가 갑자기 눈물이 툭 터질 정도로 허무하기가 그 어떤 시적 수사로도 비유할 수 없는.

공기 청정기와 나

정기적으로 공기 청정기를 분리해
먼지가 잔뜩 낀 검은 필터를 꺼내 볼 때면
마치 활자로 시커멓게 가득 찬 내 시집 속 한 페이지
같다

공기 청정기가 되었다는 전설의
죽은 시인들의 시를 읽고 침대에 누운 밤이면
죽은 시인들이 지금 자고 있는
잠의 깊이로 잠시나마 빠져들기를 고대하게 되지만
그 '깊은 잠'은 비극만을 기록한 죽은 시인들이 독과
점하고
오히려 나는 완전한 불면이다

번개탄을 피운 듯 매캐한 잠냄새에
깊은 밤 공기 청정기를 켠다
청정기 속의 죽은 시인들과 죽은 독자들은
먼지 한 톨만큼의 잠도 남기지 않고
시집의 페이지와 페이지
활자와 활자 사이로 필터링한다

페이지마다 활자마다 시커먼 잠이 슬픔의 때처럼 잔
뜩 끼어 있다
이제 청정기 밖 공기에는 먼지 한 톨만 한 잠도 떠다니
지 않는다

잠을 걸러낸 청정한 시간의 공기를 청정기는 밤새 내
뿜고 있다
내가 뒤척이며 한숨을 내쉴 때마다 하품을 내뱉을 때
마다
청정기가 윙윙 힘겹게 그러나 힘차게 모터를 돌린다

그때마다 나는 청정기처럼 자꾸 깬다
밤새 내 콧구멍 속에서 흘러나온 잠이 청정기 속으로
빨려 들 때마다
청정기도 나도 자꾸 윙윙, 놀라며 깬다

살얼음 같은 선잠 위에 아슬아슬하게 누운 공기 청정
기와 나
결국 뜬눈의 청정기와 나

'둘 중 누가 완전히 잠들기 전에는
결코 먼저 잠들지 못한다'
애초에 누구도 잠들지 못할 모순이다

남은 방법은 단 한 가지, 새벽에 몰래
나는 침낭 속으로 기어들 듯 공기 청정기 속에 들어갔다
그제야 잠시 잠에 들었다가, 나오니
또 밤이다

공기 청정기가 어느새 나를 옆에 뱉어내고
윙윙 힘겹게 모터를 돌린다

국수처럼 쏟아지는 잠

한 사발의 잠에 국수를 말아 먹는 밤에

비가 무시무시하게 쏟아지는 밤에
폭식의 밤에
썩은 이빨처럼 까만 창문들 사이에 끼어

지구가 시커멓게 벌어진 입처럼 둥근
지구가 천공의 빗줄기를 태풍처럼 둘둘 말아
한 젓가락에 후루룩 끌어당기는 밤에

영문도 모르고
땅과 바다에 묻힌 사람들은 배가 부르다
지구처럼 지구만큼
터질 듯 배가 부르다

영문도 모르고
살아 있는 나는 배가 고프다
부재자의 잠은 완전히 침수되고
들고나올 살림이 하나도 없는

부재중인

한 사람의 잠에 국수를 말아 먹는 밤에

금연에 대한 우리의 약속

　우리는 금연을 하지 않기로 굳게 약속했다.
　금연은 하면 결코 안 되는 것이다.

　너는 세상 사람 모두가 금연을 하게 되면 지구가 정말 땅바닥으로 추락할 것이라고 믿는다. 그렇게 되면 다 죽는 것이다. 세상을 걱정한다면 단 한 명이라도 남아 담배를 피워야 한다.
　세상에 마지막 남은 흡연자가 있다면 아마도 그것은 나여야 할 것이다. 너는 약속을 끝까지 지키기에는 건강 상태가 썩 좋지 못하다.

　약속을 지키는 데 '의지'가 필요하다면
　나는 그 의지를 너에게서 마지막 한 개비처럼 빼앗아 오고 싶다.

　특별히 두 손을 다 써야 하는 상황이 아니라면 우리는 늘 온갖 걱정에 담배에 불을 붙여놓고 있다.
　아주 길고 가는 연기가 아무런 방해도 받지 않고 고요히 하늘로 올라가는 걸 지켜보는 건, 걱정을 깜박 잊을 만큼 보기 좋은 일이다.

　하늘에 올라가 구름에 비끄러매인 연기가 우리 지구를 공중에 부양하고 있다.

　지구라는 작은 바스켓에 우리는 다 함께 타고 있다.

　그중에 희생자들을 태우는 화장장의 연기나

　흡연자들이 피우는 가느다란 담배 연기들이, 열기구의 무수한 날줄처럼 둥근 '공중'에 매달려 있다.

　땅이 꺼지듯 추락하는 바스켓 속에 갇힌 유족들의 뜨거운 탄식이나

　흡연자들이 내뿜는 하얀 입김이

　밤낮으로 '공중'을 둥글게 부풀린다.

　그러니 혼자만 오래 살겠다고 금연하는 것은 얼마나 이기적인 무임승차인가.

　과연 그런가 뭔가 좀 아리송하더라도, 이 순간 한 번쯤 가슴에 손을 얹고 생각해보자.

　나는 잠든 너의 담배 냄새 나는 부르튼 입술에 몰래 입맞춤한다.

유족인 너의 몸은 한 개비의 담배처럼 바스러질 듯 깡말라 있다.

조금만 힘을 주어 붙잡으면 툭 맥없이 부러질 것 같다.

내일 나는 너에게 아무 일도 아니라는 듯 금연을 권유할 생각이다.

대신 흡연을 하는 나를 담배처럼 더 많이 찾으라고 할 생각이다.

보통의 공기보다 4퍼센트 이상 이산화탄소가 많이 함유된 너의 날숨을 키스로 들이마시는 것도 이미 나의 중요한 흡연 활동

열기구 태스크Task 중에 하나이다.

서로가 한 줌 재가 될 때까지, 우리는 서로를 매 순간 마지막 남은 한 개비처럼 피우고 또

피울 것이다.

작고 빨간 꽃처럼.

깊은 곳에 나무를

사람들은 왜 나무를 떠나지 못할까
깊은 바닥에 가라앉아 일렁이는 나무 그늘
나무는 누가 이곳으로 던진 그물일까
대낮에 나는 나무에 기대 의문에 싸여 있는데,

세상의 가장 깊은 바닥은 우주고
우주에 자갈처럼 깔린 별들을 아작아작 밟으며
바닥을 훑으며 심해어처럼 유영하는 새들
별들 아래 가라앉아 있던 구름이 뿌옇게 피어오르고
스치듯 난기류, 잠깐 흔들리는 여객기
그밖에 아무도 눈치채지 못한
문득 발생했다가 세상에 아무런 흔적도 못 내고
금세 사라진 온갖 소용돌이

그런 찰나의 소용돌이 같은 아이들이
죽자마자 하나씩
지하에서 지상으로 던진 그물들이 자라고
그런 나무들이 어느 도시 어디든 무수히 널려 있다
오늘도 그물 속에는 잎들 꽃들 새들 바람들 사람들

바람은 철썩철썩 매 순간 밀려온다
일렁이는 나무에 바람이 솜사탕처럼 감긴다
모두 슬프고 달콤한 바람 냄새에 이끌려
울면서 나무로 모여든다

지상 깊은 곳에 드리워진 세상의 나무들은
지금껏 죽어간 아이들의 수와 일치한다
나는 이런 근거 없는 확신에 싸여 있는데

나무가 나무를 떠나지 못하는 건 사람들 때문일까
사람들은, 왜 나무를 떠나지 못할까
대낮에 나무에 기대 울면서 나는 의문에 싸여 있는데

죽은 아이들이 지하에서 지상으로 던진 나무에
살아가는 세상 모든 것은 왜 스스로 붙잡힐까
오늘도 어디선가 산 채로 불타고 있을 나무들을
죽은 아이들은 대낮이 잿빛이 되도록 왜 거두지 않을까
어떤 의문은 유일한 답이 된다

나는 태어나지 않은 사람

지금 내 옆에는 죽은 사람이 앉아 있다
그는 죽음보다 깊은 생각에 잠겨 있다
밤바다로 휘적휘적 혼자 걸어 들어가는 사람처럼
깊은 생각 속에 서서히 빠져들다가
생각이 목구멍까지 차오르고 얼굴이 서서히 붉어지더
니 급기야 짜디짠
생각이 콧구멍을 덮자 못 참고 쿨럭쿨럭 기침을 한다
내 옆에서, 혼자서 붉은 얼굴로 기침을 한다

얼마 전부터 내 옆에는 죽은 사람이 앉아 있다
분명히 그는 죽기 전보다 훨씬 젊어졌고
자신 옆에 앉아 있는 내 존재를 느끼고 있다
기지개를 켜다가, 벤치 등받이에 팔을 걸치듯
내 어깨를 슬쩍 안기도 한다
그러나 곧 팔은 허공을 휘젓고 제 허벅지 위로 떨어진다

어떤 근거도 없고 증거도 없지만 나는, 결코
떠올릴 수 없는 기억의 형태로 그의 옆에 앉아 있다
물론 그에게는 보이지 않는 모습으로
거의 그와 한 몸이 되어 앉아 있다

(그가 죽은 날부터, 나는 태어나지 않은 사람)

언제부터인지, 나는 벌써 죽은 그가 없으면
존재할 수 없는 사람이 되었다
죽기 이전보다 더 곁에 있는 사람이 되었다
더 더 더…… 곁에 있는 사람이 되어 급기야
그의 몸속에 마지막으로 흘러든 공기처럼 스며들었다

불현듯 잊었던 사실이 생각난 듯
나는 아직 태어나지 않은 사람이 되었다
수십 년 전 그가 어렵게 휴가를 낸 내 생일에 태어나
*수년 전 그가 죽은 '그날 이후 참았던 울음'을 한꺼번
에 터뜨릴*
나는 아직 태어나지 않은 사람이다

그는 내가 태어나자마자, 이미 자신이
죽기라도 한 것처럼, 나를 그리워하기 시작할 것이다

나의 퍼즐
— 임종

잠든 너의 입술을 매만져보며 새삼 놀란다.

입술에 난 촘촘한 주름 따라 티끌 같은 퍼즐들이 모여 입술을 이루고 있다.

키스한다 마지막으로, 키스는 입술이라는 복잡한 퍼즐을 심지어 뒤섞는 놀이다.

이후 원래대로 되돌리는 건 불가능하다.

몸을 섞는다는 말은 절묘하다.

온몸의 주름은 우리가 얼마나 복잡한 퍼즐인지를 알게 한다.

혼자라서 신이 된 신은 퍼즐 놀이를 즐기는데, 번번이 퍼즐 조각 하나가 사라져버린다.

어느새 눈 뜬 너는, 곧 네가 잃어버릴 퍼즐 같은 내 얼굴을 만지며, 너도 많이 늙었다고 말한다.

그 말은 유일한 유언 같다.

흐른 시간만큼 주름은 늘고 이제 너도 의지로 끼워 맞추기에는 너무 복잡한 퍼즐이, 마지막 죽음의 순간에 꼭 눈물로 잠시만 완성되는 퍼즐이 되어버렸다, 나도.

정말 유감이야, 단 한 번도 완성되지 않는 이 시간이라
는 퍼즐이.

유독 '너'라는 조각 하나만으로 완성되는 그림을 그려볼
수 있던 밤들이, 잔상만 남기고 감쪽같이 사라져버렸다.

잔상 같은 문장 끝에 유일하게 선명히 남은
새까만 마침표 속으로 뛰어내리듯
잠들었다.

그저 오늘 또는 하루라는, 평생 사라지지 않는 잔상에
어지러워 잠시 눈을 감았을지도.

너의 감은 눈에서 눈물이 비어져 나온다.

부피와 질량을 갖고도 유일하게 눈물은, 나의 퍼즐에
포함되지 않는 조각이다.

그래서 자꾸 틈만 나면, 시작부터 끝까지, 네 몸에서
뚝뚝 떨어져 나갔다.

이야기하는 사이 너는 떠난다.

눈물은 시트에 떨어지는 순간 감쪽같이 스며들어 영원히 잃어버리는 퍼즐 조각.

혼자라서 신이 된 신이, 퍼즐이 완성되는 마지막 순간에 번번이 잃어버리던 그 조각이다.

내 시인의 감은 눈

*

수평선은 시인의 감은 눈.

새벽에 수평선으로 까맣게 몰려가 눈썹처럼 달라붙은
고깃배들.

시인의 몸속은 펄떡이는 생명들로 가득하다.

방랑자들의 젖은 신발과 희생자들의 난파된 영혼으로
가득하다.

시인은 낮에 눈을 꼭 감고 있다.

몸속의 것들이 새어 나갈까 봐, 차마 눈 뜰 수 없다.

대낮부터 수평선 너머에는 검은 밤이 해일처럼 몰려
온다.

들끓는 밤에서 몽글몽글 구름이 피어오른다.

시인의 감은 눈꺼풀이 열리는 한밤에 세상은 시인의
검은 동공으로 가득 차오른다.

눈꺼풀을 열고 나온 검은 동공은

오늘 죽어 잠든 사람들과 살아 잠든 사람들의 비율을

헤아린다.

밤새 집어등이 먼지처럼 흩날린다.

**

해변을 나란히 걷는 너와 나의 한 뼘 키 차이, 보폭 차이마다 수평선이 각자에게 새로 열린다.

시인의 눈동자는 무수하다.

한날한시 네가 본 시인 그리고 내가 본 시인

한 명의 시인은 지구상의 인구수만큼 무수하다.

매 순간 눈꺼풀이 감기듯 밀려오는 파도는, 시인의 거대한 눈꺼풀이다.

수평선에서부터 해변까지 파도가 감긴 눈꺼풀처럼 일렁인다.

감긴 눈꺼풀 아래에는

우리들 각자의 기억이 물고기 떼처럼 군을 이루어 지느러미를 흔들고 있다.

파도라는 눈꺼풀이 불면에 떨린다.

수평선에서부터 파도가 대사막의 먼지처럼 하얗게 부서지며 몰려온다.

지상에 사막의 먼지가 가득하다.

나는 젖은 바지를 먼지 털듯 툭툭 턴다.

뚝뚝 눈물이 땅에 떨어져 모래처럼 부서지는, 눈물 많은 가엾은 나의 시인.

눈물의 계절, 먼 수평선은 시인의 감은 눈.

나의 수평선으로 까맣게 몰려가 눈썹처럼 달라붙은 철새들.

나의 시인은, 오늘도 본 참혹한 장면들이 눈 밖으로 새어 나가 흩어지고 잊힐까 봐

밤이 오도록 꼭 눈 감고 있다.

내일 오기로 한 사람

우리 모두 잘 아는 그에 대한 이야기다.

그는 '내일 올 거야'라는 말을 가장 많이 듣고 자랐다. '그는 내일 올 거야'라는 말은 그에게는 거의 이명이었다. 내일은 내일로만 메아리처럼 울려 퍼졌다. 같은 피가 흐르는, 같은 극이 맞닿기 직전의 막대자석처럼, 오늘이 가닿을 듯하면 다음 날로 튕겨 나갔다, 내일은

내일은, 말이야, 새벽부터 예보대로 비가 올 거야, 하지만 금세 그치고 북향의 네 창문 앞까지 햇빛이 올 거야, 바람이 올 거야, 길모퉁이를 돌면 기다렸다는 듯 떠돌이 개가 네게 올 거야, 문득 낮달이 올 거야, 나무에서 떨어진 잎들이 네 얼굴 쪽으로 쏟아져

올 거야, 그리고 사우디 사막에서 창문 만 개만 달고 온다던, 그가 꼭

올 거야, 내일, 내일만큼은

흰밥과 푸른 국 앞에서, 생일보다 슬픈 소식을 들은 듯 그는, 유리병처럼 투명한 얼굴로 고개를 푹 숙였고, 눈물이 알약처럼 엎질러져서, '내일'이 당장이라도 벌컥 열고 들어올 듯한 문틈으로 굴러 들어갔다.

결국 그는 무수히 쏟은 눈물을 평생 절대로 되찾을 수

없게 되었다. 죽은 이의 옷들이 가득 든 영원처럼 무거운 장롱 밑으로 굴러 들어간 구슬들처럼, 모두 '내일' 밑으로 깊숙이 들어가 있어서,

내일은 역시 내일도 오지 않을 테니.

어느 날 문득 차임벨이 울리고, 내일로 가는 일인용 엘리베이터에 올라타듯 입관하며 그는 순식간에 내일로 이동했다. 여태 오늘에 남겨진 사람들이 떨군 몇 개의 유리 구슬처럼 둥글고 단단한 눈물을 밟고 미끄러져

내일로 내일로 휩쓸려, 파도조차 아직 도착하지 않은 해변으로 갔다.

그는, 내일 올 거야, 라는 말을 가장 많이 듣고 살았다.

급기야 그는, 평생을 기다리다가, 단 한 번의 기회에 내일로 건너갔다. 아버지인 그와 아들인 그와 친구인 그가 오기로 한 내일로.

조문 온 사람들은 그의 아들에게, 그는 내일 오기로 했다고, 전했다.

내일 지구에 비가 오고 멸망하여도 한 그루의
── 딸과 함께

집 동쪽에 있는 너를 서쪽으로 불렀다.

내리는 비를 보며 사과 한 쪽을 베어 먹다 뱉은 사과 씨 하나를 너의 손바닥 위에 올려놓았다.

내 장난에 너는 환호하며 주먹을 꼭 쥐고 외쳤다.

"심었다"

네가 들어 올린 그날의 작은 땅.

사과나무의 가장 어린 뿌리는 땅속 제일 깊은 곳에 있기 마련이다.

잔뿌리 같은 너의 손금들이 땅속처럼 햇빛 한 점 들지 않는 작고 캄캄한 주먹 속에서 움트고

어린 너의 몸에 표정과 말들을, 공중의 길처럼 내며 가지를 뻗기 시작했다.

나 때문에 뿌리내린 한 주먹의 비좁은 땅에서

내가 죽기 전에 너를 다른 곳에 심어주고 싶었다.

그날 서해 해변, 우리 키보다 높은 곳에 떠 있는 수평선 앞에 서 있었다.

수평선에 걸린 바다가 끝없는 커튼처럼 하늘거렸다.

젖혀도 젖혀도 결국 젖혀지지 않는 커튼 너머의 창밖을 보여주려

너를 번쩍 들어 목말을 태우며 수평선 위에 올려놓았다.

막 바다 위로 비가 듣기 시작하자 너는 손바닥에 빗방울 하나를 받아

주먹을 꼭 쥐고 외쳤다.

"심었다"

사과를 급히 베어 먹듯

석양을 삼키는 수평선이 후드득 빗방울을 사과 씨처럼 뱉어냈다.

벌써 너의 작은 손에 빗방울이 뿌리내리고 가지를 뻗으며 눈물처럼 자라기 시작했다.

너라는 사람과 손잡는 일

프라이팬 위에 달걀을 깨 넣다가 너는 깜짝 놀란다.

아무 생각 없이, 뼈를 부스러뜨리고 골수를 뽑아 먹어 버린 것처럼. 달걀 껍질이 으스러진 뼛조각이라도 되는 것처럼 달달 떨리는 손으로 선반 위의 달걀 껍질을 손에 쓸어 담는다. 유골을 담듯 두 손에 달걀 껍질을 담고 서서 어쩔 줄 모른다. 왜 이제 땅에라도 묻어주게, 나는 가벼운 농담을 던졌지만, 부엌으로 난 쪽창에는 허연 구름이 깨진 달걀 껍질처럼 무수히 버려져 쌓여 있고, 너는 프라이팬 위에 익어가는 달걀처럼 노랗고도 새하얀 질린 얼굴로 나를 망연히 돌아본다.

너는 습관적으로 악수하는 사람을 경멸한다.

두 손을 꼭 맞잡는 것과 그저 악수하는 것은 조금 다르다고 내가 말해도. 그렇더라도, 그렇지만 싫다고 한다. 함부로 손을 잡고 잡은 손을 놓는 것은 중대 상해에 해당한다는 것이다. 본래 네가 손잡는 것을 싫어하는 나름의 이유를 요약하면 다음과 같다.

손을 잡으면 뼈가 한순간 이어진다.

마음이 굳으면 뼈가 붙는다.

불현듯 손을 놓으면

뼈가 부러진다.

너와 이야기하는 밤에는 '서로 손 꼭 잡고' 깁스 속에
있는 것 같다.

안온한 어둠, 희박한 산소, 자욱한 이산화탄소, 눅눅한
공기, 긴박한 적막 속에서, 몸과 마음이 간질거리며 제
위치로 가 달라붙는 것 같다. 오늘 우리는 제자리에 있
는 걸까, 네가 말하면 나는 말을 돌린다. 새벽의 톱날이
밤의 깁스를 자르면, 젖은 얼굴을 햇빛이 어루만질 거야.
조각난 깁스는 구름처럼 하늘 곳곳에 떨어져 내릴 거야.

이 밤 너머의 사람들. 밤이라는 깁스 밖의 사람들을 기
억했어. 나도 모르게. 나의 손을 영원히 놓은, 내 몸으로
부터 완전히 골절된 사람들. 그것은 그저 사고가 아니어
서, 아파서 울고 있으면 그 사람들이 밤마다 부러진 뼈를
맞추듯 내 감정들을 끼워 맞춰 깁스를 해줘. 과연 내게
다시 돌아가 단단히 붙을 회복 가능한 제자리가 있을까,
네가 물으면 나는 대답 대신 주로 까무룩 잠들어 있다.

우리는 각자가 골절된 허공의 뼛조각.

우리가 제자리에 잘 달라붙어야 허공도 벌떡 일어서 지구를 떠날 텐데.

태어난 순간이 이미 골절, 이후의 시간.

하루에 한 번씩 밤마다 깁스를 하는 삶에 대해 어떻게 생각해, 네가 물으면 나는 대답 대신 너의 손을, 영원히 놓(치)지 않겠다는 의지를 잔뜩 담아 꼭 잡는다.

그 순간, 전철 안 누군가에게 떠밀려 손을 놓친다.

출근길 만원 전철은 깁스 같은 터널 속에 있다.

너와 환절기와 나

비극과 고통에는 계절 차가 없으므로 우리 저녁 식탁에서 제철 음식이 사라진 지 오래다.

너는 계란말이를 고요히 집어 올린다.

수백 킬로미터 떨어진 먼 곳에서 다음 태풍이 우리 집 창문을 약지로 살짝 퉁긴다.

계란말이를 집은 너의 젓가락은 피뢰침처럼 미세하게 떨린다.

태풍처럼 안으로 말린 커다란 계란말이.

그만 힘없이 네가 툭 떨어뜨린 계란말이.

떨어져 풀어져버린 계란말이.

올해만 벌써 몇 번째 태풍인가.

정인, 정민, 정연 등의 이름을 무작위로 불러본다.

우리는 우리끼리 기상청과 별개로 태풍에 이름을 붙여왔다.

우리가 다 같이 알고 있던 죽은 사람들의 이름을.

이 세상 따위가 아직도 멸망하지 않은 것이 그저 의아할 뿐이던

지난날 우리가 불가피하게 이름도 붙이지 못하고, 태풍인지도 모르고 무방비로 정신없이 얻어맞은 태풍이 많기도 했는데

이렇게 죽은 이들과 나란히 앉아, 뉴스도 보며

이제는 태풍의 이름 정도는 알고 맞을 수 있게 되었다.

안 먹을 거야, 계란말이?

노란 백열등이 해처럼 떠 있는 맑은 식탁 유리 위에 바람결처럼 겹겹이 풀어진 계란말이를 두고, 너는 슬쩍 다른 계란말이를 집어 들여다가 멈칫하며

이미 흘린 눈물을 어떻게 다시 주워 담나 하는 표정으로 말을 돌린다.

올해만 이게 벌써 몇 번째 태풍이지?

젓가락을 내려놓으며 불안한 눈으로 흔들리는 창문을 본다.

흔들리는 창문이 아니라, 창문이 흔들리는 것도 모르고 마냥 고요해 보이는 창문 밖의 천진한 불빛을 위해

합장.

우리는 귀족의 관처럼 튼튼히 짠 원목 소파에 나란히
겹쳐 누워 합장 문화에 대해 의견을 나눴고 비로소 작은
깨달음에 이르렀다.

이런 식으로 한 명 한 명의 '태풍'에 얻어맞다가는 제
명에 못 죽을 테니, 인간은 무수한 상실을 네 묶음의 '계
설'로 나눠 이름 붙였다는 것을.

그런 식으로 우리는 이번 계절에 죽은 사람들이 우리
마음에 불러일으킨 태풍들에 '겨울'이라는 이름을 붙였다.

겨울이 우리의 식탁을, 식기를 거의 다 때려 부숴놓고
가고 있다.

꼬리를 물고 곧 덮쳐올 가장 힘센 다음 태풍을 생각하
며 아직은 쓸 만한, 이 나간 밥그릇을 거두어 설거지하며

그해 봄의 태풍 속에서도 살겠다고 거르지 못한 식사
들을 복기한다.

귀한 밥 먹고 바로 울면 죄받는다며 너는 설거지도 안
하고 서둘러 돌아누워 자곤 했다.

너의 너머의 너울

*

얼마 전 산과 바다로 사람들을 떠나보낸 적 있는
너는 내 뒤에 산꼭대기를 보고
나는 네 뒤에 너울성 파도를 보고 있다

**

내가 몸을 이리저리 돌리고 웅크리는 대로
강풍은 내 턱 밑으로 비집고 들어올 틈을 만들었다
한동안 나는 담뱃불을 붙이는 데 애먹고 있었다
내가 마지막이라고 생각하며 라이터를 켜는 순간
너는 피자마자 사그라지는 라이터 불을 두 손가락으
로 순식간에 집어서 쑥 뺐다
빨간 보자기 같은 불이 라이터에서 생각보다 오래
길게 뽑혀 나왔다
마술처럼 뽑아도 뽑아도 한동안 계속 나왔다
내가 담배를 피우기 시작하자
너는 길섶에 버릴 수도 없는 불꽃을 꿀꺽 삼켰다

너의 눈두덩이가 금세 붉어졌다 오늘도

　나는 너의 너머의 일을 모르고 혼자 두고 어디로 갈 수도 없다

　너는 점점 바위처럼 까매지고 있는 바다를 등지고 앉아 있다

　나는 해일처럼 바다로 밀려가는 산을 등지고 앉아 있다

　각자 등지고 있는 것을 아직 돌아보지 못한다

*　*　*

　바다보다 높이 치솟아 엄청난 해일처럼 바다를 삼킬 예정인 모든 산이 바다를 막 덮치기 직전의 찰나인, 50억 년 동안 우리는 그 산과 바다 사이에 새 떼처럼 우연히 모이고 필연히 흩어졌다가 어느 사이에 흙먼지나 물보라처럼 다시 슬픔 주위로 가득 차서 이렇게 같이 오늘도 해 뜬 후 점점 어두워져만 가는 낯빛으로 있다

****

바다를 등지고 앉은 너의 어깨는 마른 빨래처럼
수평선에 나란히 걸쳐 있다가
가끔 울컥 너의 어깨는
방파제 넘어 범람한 너울성 파도처럼
수평선보다 높이 튀어 오르고 넘쳐 내 옷을 적신다
흔들리는 너의 어깨가 테이블 위로 치솟았다가
바닥에 엎질러진 물처럼 철썩 쏟아진다
나는 엎질러진 물에 대해 어찌할 바를 모른다

*****

50억 년 전부터 바다로 밀려오는 중인 산에 휩쓸려 그
일부가 되기까지 나는 오늘도 산을 등지고 있다 밀려오는
너울성 산에는 물방울처럼 무수한 봉분이 튀어 오르고 이
제 곧 서로의 등 뒤가 산인지 바다인지 구별할 수도 없어
질 시간이 올 텐데 오늘도 잠깐 눈 한번 딱 감고 일어나
면 그곳은 내일, 여느 작은 마을 앞바다, 뒷산, 너, 나

******

너의 얼굴 뒤에 핏빛 단두대처럼 어둑한 바다가 놓여
있다
　바다를 돌아보는 대신 너는 바다에 목을 맡기고
　파도라는 칼날이 철컥철컥 쉴 새 없이 내려쳐도
　너는 아직도 이렇게 내 눈앞에 건재하고
　그러면 됐지 싶었는데
　너의 등 뒤에서 차갑고 날카로운 파도가 계속해서
　강풍처럼 우리 둘 사이를 비집고 들어와
　우리가 마주한 테이블을 지구처럼 빙빙 돌린다

****

저절로 자전하는 이 땅의 누구든 산이나 바다로 누군
가를 보낸 적이 있다

눈과 사람의 시작

바라본다.
태어나자마자 아기가.

바라본다.
이별을 통보한 애인이.

바라본다.
고집스레 고개도 돌리지 않는 아들을
죽기 며칠 전의 아버지가.

나를 바라본 적 있는 눈들은
지금 어느 길에 젖은 자갈처럼 흩어져 있나.
나를 담은 적 있는 눈들은
지금 어느 길에 물웅덩이처럼 흘러넘쳐 있나.

마주 보고 싶다.

나를 바라본다.
버려진지 모르고
골목을 수일간 배회하던 강아지가.

지금껏 나를 본 모든 눈동자가
새까맣게 겹쳐진 눈으로.

단단한 빛에
깨진 검은 단추같이 빛나던 눈동자들이
내가 나를 벗어버리지 못하게 단단히 채워왔다.

그 검은 눈동자들 하나하나 떨어져 나간다.
눈송이들이 한꺼번에 후드득 떨어진다.
순식간에 검은 눈을 흰 눈이 덮는다.

나는 나도 못 알아볼 창백한 얼굴 발가벗은 몸으로 혼
자 서 있다.
해가 쨍하고 뜨면 흥건한 길가 물웅덩이를
엘리베이터처럼 타고 지하로 내려갈 것이다.

그곳은 눈과 사람으로 가득 찬 베개가
구름처럼 쌓인 하늘이다.

눈사람은 그곳에서 깊이 잠든 사람이다.

눈물의 형태

언젠가 식탁 유리 위에 한 줌의 생쌀을 흩어놓고 쇠젓
가락으로 하나하나 집으니 어느새 눈물이 거짓말처럼 멎
는 거야 여전히 나는 계속 울고 있었는데, 마치 공기 중
에 눈물이 기화된 것처럼

그런 이야기를 하며 또 너는 운다
나는 어색하지 않고 자연스럽게 쇠젓가락을 가지고
네 맞은편에 앉는다
그리고 쌀알처럼 떨어진 네 눈물을 아무 말 없이 하나
하나 집는다
그것이 지금 내가 할 수 있는 유일한 위로의 형태라는 듯

실제로 지금 우리가 오랜만에 만난 이곳은 너의 '시'
속이어서 그런지
너의 눈에서 떨어지는 눈물이, 마치 상상 속에서나 가
능하듯
식탁 유리에 닿기까지의 짧은 순간
단단하게 결빙된다
그런데 이번에는 바닥에 닿는 순간 다시 주워 담을 수

없게 산산이 깨져 먼지처럼 흩어진다
　마치 누가 언제 울었냐는 듯

　눈물은 처음에는 고체 형태다. 달궈진 눈두덩에서 녹
으며 잠시 액체가 된다. 그때 소량은 기화해 흐느낌의 형
태로 공기 속에 스며든다. 공기 속에 스며들며 생기는 최
종 결정이 먼지다. 지구상에는 그 무엇보다 먼지의 개체
수가 가장 많다. 그 모든 것이 결국 먼지다. ── 시작 메모

　콩자반처럼 까만 너의 눈동자에서 퐁퐁퐁 솟아난 눈
물이
　마르기 전에 먼지가 되기 전에
　젓가락으로 모두 집어 먹을 수 있을까

　흰밥과 미역국을 앞에 놓고 앉은 너의 눈동자 안에는
시곗바늘이 대관람차처럼 돌고 돈다
　한 칸 한 칸 탑승하고 있는 눈물들이 눈동자 밖으로 무
사히 하차할 수 있도록 최대한 천천히 돌고 돈다

지구가 너무 아찔하게 높아서, 뛰어내리기를 매일 실패하는 해와 달처럼

네 눈동자 속의 대관람차에 승차한 내 시선은 미처 내리지 못하고

네 기억의 가장 슬픈 꼭대기로 더없이 천천히 올라간다

그동안 웃음에 가려져서 못 살폈던 너의 풍경들을 세세히 다 보라고

지평선이 지는 해까지 데리고 멀찌감치 물러나 있다

다가올 지난 밤들

벽시계로부터 유빙처럼 뚝뚝 떨어져 나간
지난 모든 밤이 그리 멀리 가지도 못하고
고스란히 가로수 밑동마다 걸려 있다
파도에 떠밀려 수평선을 넘지 못하고 항구로 되돌아
온 선박들처럼

대낮에
검은 유빙처럼, 거리의 곳곳에 어젯밤들이 둥둥 떠 있다
그것은 그저 가로수 그늘이 아니다

검은 유빙이 녹으며 거리는 점점 밤으로 물들고
잠으로 잠긴다
오늘 밤은, 꽝꽝 얼어 있던 어젯밤이 녹은 것이다

낮 ; 나무 그늘이 온종일 서서히 녹아 세상을 검게 물
        들인다
        저녁 무렵, 거의 다 녹아버려 어둠과 구분 없이 뒤
        섞인 나무 그늘

밤 ; 밤사이 세상의 모든 시계 속 초침들이 소나기처
    럼 쏟아진다
    씻긴 도시의 어젯밤 어둠이, 비 웅덩이 같은 나무
    그늘에 고스란히 다 고인다

대기는 다시 맑고 투명하다
아침이다
낮이다
밤이다

'다가올 밤은, 사실은 모두 같은 밤이다'
내일 밤은 오늘 밤이 녹아 물든 것이다
오늘 밤은 어젯밤이 녹아 물든 것이다
언젠가 반드시 지구의 마지막 밤이 올 텐데, 그 밤도
결국 지구의 첫날 밤이 물들일 것이다

앞으로 내게 다가올 밤들은, 그가 죽은 그날 밤뿐이다
오늘 나무 그늘 아래에는 오래전 봄밤에 죽은 그가 있다
지금도 나와 시간을 공평히 나눠 쓰는 사람이다

뜨거운 나뭇잎

저물 무렵 나는 귀신의 옷을 주워 입다가 어깨가 뜨거워 돌아보니 나뭇잎 한 장이 붙어 있다 온종일 발바닥이 불판을 디디고 있는 듯 화끈거려 발을 들어보니 밑창에 나뭇잎 한 장씩이 어느새 달라붙어 있다 내내 손에 땀이 차서 양손을 펴보니 손바닥에 손금 가득한 나뭇잎이 한 장씩 붙어 있다 낮에는 돋보기로 손금에 잔주름을 새겼다 벌레가 파먹은 나뭇잎처럼 까만 구멍만 뻥뻥 뚫렸다 너무 뜨거우면 차갑다고도 했나, 양 볼이 빨갛게 얼어붙어 살펴보니 비에 젖은 나뭇잎이 붙어 있다 타오르는 얼굴이 부끄러워 집으로 뛰어 들어가려는데, 사방 길을 막고 제지하는 무수한 손바닥, 손사래 치는 나뭇잎들 나뭇잎에 둘러싸여 어디로도 갈 수 없게 된 나는 나무가 되어버렸다, 내 의지와 무관하게 나뭇잎을 기워 만든 누더기를 입고 조만간 내 피부의 주름을 모두 이으면 지구 한 바퀴쯤 되는 날이 올 것이다 어디로도 갈 필요가 없게 된 그날부터 내 피부의 부피는 곧 지구의 부피다 우주적인 나뭇잎 한 장이다

마음의 잠

어느 날 마음이 잠들어 있는데 친구가 찾아왔다
마음도 없이 문을 열어주었다
깜박 마음이 잠들어 있는데 애인에게 전화가 왔다
마음도 없이 길게 통화했다

늘 깨어 있는데 하필이면 잠들어 있을 때 그런 오해를
살 만한 일들이 있다고 해명해도
그런 소리 말고 평소에 마음을 좀 흔들어 깨워보라는
친구의 간곡한 충고에
때마침 깨어 있는 마음을 보란 듯이 또 흔들어 깨워본다
내 순한 마음은 불시에 얻어맞은 기분이 된다

그러기를 수차례 차라리 마음은 이제 거의 잠들어 있다
(깨어 있는데 누가 흔든다고 또 깰 수는 없으니)
흔들면 언제든 깰 수 있게, 잠들어 있다
그러나 그런 일은 위험하다
자칫 크레바스처럼 좁고 깊은 잠에 빠지면, 마음은 영
원히 빠져나오지 못할 수도 있다

하지만 그것보다 더 위험한 일이 있다 이를테면
마음은 지금 한창 꿈을 꾸고 있다
마음에 꼭 맞는 다른 몸을 얻는 꿈을

꿈일 뿐인 꿈을 꾸기 시작하면 마음은 제 몸에 마음 붙
이지 못하게 된다
불가능한 일이다, 어차피 마음에 꼭 맞는 단 하나의 몸
따위는 애초에 어디에도 없다
그래서 우리는 죽은 누군가의 몸에 대해 애써 기억하고
하물며 신도 제 마음을 수십억 개로 찢어, 인간이라는
몸을 나눠 입혔으니

흔히 알듯 마음의 잠은 죽음이 아니다
단 한 벌이던 몸은 깨끗이 세탁되고
세상을 덮을 솜이불로 지어지는 중인 죽은 이들의 마
음에, 한 조각의 내 마음을 기워 붙이는 일이다
다만
마음은 이 순간에도 새로운 모양으로 계속 태어나므로
우리 마음의 잠은 영원히 완성되지 않는다

만약 우리의 시 속에 아침이 오지 않는다면
— '시'라는 침실

내 손가락을 만지작거린다. 팔베개를 한 팔이 저려온다. 감각이 사라진다. 네가 눈 감고 내 손가락을 만지작거리는 걸 하릴없이 바라본다. 마치 전생처럼 썰물처럼 내 손가락의 감각이 사라진다. 그리고 깜박깜박 잠이 밀려온다, 미래처럼 밀물처럼. 우리는 함께 잠긴다.

책장을 넘기듯 등이 찰나 꺼졌다 켜진다.

가수면 상태에서 너의 목소리가 환청처럼 들려온다. 어느새 깼는지 아니면 잠들지 않았는지, 내게 하는 말인지 혼잣말인지. 홑이불 같은 너의 목소리를 끌어 덮는다.

전 세계 해변의 면적은 어느 정도일까?

최소한 그 면적의 합은 서울보다 클 거야.

서울이 다 뭐야, 최소한 우리나라보다는 클 거야.

우리나라가 뭐야, 웬만큼 큰 나라보다는 클 거야.

적어도 우리가 만나고 있는 이 '시 세계'에서만큼은 그 모든 나라를 다 합한 것보다 클 거야.

드넓은 해변의 모래.

지난여름 내가 한쪽 발로 절뚝이며 모래 위에 쓴 너의

이름.

해변의 모래는 죽은 이들이 미처 못 한 말들이 해와 달빛에 그을려 부스러진 잔해들이야.

귓가에 속삭이던 네가 갑자기 벌떡 일어나 라텍스 침대 위를 눈을 감고 걷는다.

한껏 달아오른 해변의 모래에 네 발목까지 다리가 푹푹 빠진다.

죽은 이들의 화장된 말들 속에 발이 푹푹 빠진다.

네 콧등에 금세 땀이 송골송골 맺힌다.

무슨 소리가 좀 들려?

내가 걱정스레 묻는다.

한없이 밤이 이어지고 아침이 오지 않는다면,

세상 약속의 절반 이상은 사라질 텐데.

지키지 않아도 아무도 뭐라고 하지 않을 텐데.

내일 또 보자,라는 말을

못 지킬 약속으로 남기는 일은 다시 없을 텐데.

밤의 벌어진 검은 입

밤이 창문들을 벌리고 도시가 떠나가라 울기 시작하는 시간.

갓난아기처럼 밤이 울면서 기어 오고, 창문마다 둥근 달이 우유병처럼 꽂힌다.

되레 밤을 꿀꺽꿀꺽 삼키며 세상에 흘러넘치는 흰 구름들.

책장을 덮듯 밤이 하얗게 잠든다.

밤에 링거액처럼 눈물들이 듣기 시작한다.

귓가에 속삭이던 네가 갑자기 벌떡 일어나 창문을 연다.

커튼이 밀물처럼 밀려왔다 썰물처럼 빠져나간다.

너는 내일 아침에 또 보자는 약속도 없이 창문을 통해 시 밖으로 빠져나간다.

너는

시 속으로 들어올 때와 나갈 때가 다른 사람 같다.

시 밖에서 우리는 생면부지다.

머리 위의 그림자

내 검은 우산을 쓰면 우산 위로 비가 오듯
내 그림자 아래는 늘 비가 들이치고 있다

한 사람이 평생 맞는 비의 총량은 비슷하다는
나의 말을 너는 어떤 사람보다 오랫동안 기억했다

누구나 평생
비슷한 개수의 우산을 손에 넣어
비슷한 기간 동안 잃어버리지 않고 우산을 소유한다는
비슷한 개수의 우산을 자일처럼 붙잡고 있다가
비슷한 순간 손을 놓쳐 추락한다는
나의 말도 너는 누구보다 오랫동안 잊지 못했다

네가 나의 근거 없는 말들을 오랫동안 잊지 못했다는,
나의 증언을 너는 끝내 믿지 못하며 말했다
아마 그건 잃어버린 우산이 건넨 농담이었을 거야

나는 나를 가장 모르겠다는
나의 말에는 너도 순순히 동의했다

작은 원탁에서 커피를 마시고 있었는데, 눈 깜짝할 사
이 우리 사이는 지구의 지름만큼

멀어졌고, 네 커피 잔이 놓인 탁자의 표면이 지평선처
럼 아득했다

어느새 우리는 정류장에서 소나기를 가득 담은 구름
같은 얼굴로 서서

지구가 무의식적으로 자전하듯 빙글빙글 우산만 돌리
다가

아무 말도 못 하고, 몸 안이 비로 침수된 기분으로

버스를 계속 보내며, 누가 놓고 간 우산처럼 서 있다가

결국, 놓고 온 우산처럼 멀어졌고

그날 정류장에서, 우리는 서로 거꾸로 서 있는 거 같
다,는

너의 말에 동의하며, 가능하다면 내 여전한 마음을 증
명하려

이렇게 한번 해보면 어떻겠냐고 내가 물구나무를 서니

내 그림자가 그만, 발끝에서 미끄러져 얼굴까지 떨어
지고

내 얼굴에 가 붙은 그림자는, 곧 네 발목을 부여잡고

너를 따라, 내 그림자마저 나를 떠나고
그날 네게 미처 못 한 질문 하나
'손잡이가 위로 혹은 아래로, 현관 모퉁이에 우산은
대체 어떻게 세워놓아야 바로 서는 걸까?'

넬 향해 들어 올린 팔이 저물녘의 그림자처럼
잠시 지평선까지 길어진다, 세상에서 가장 커다란 우
산 속 우산살처럼 길고 가늘게 뻗는다
바야흐로 하늘에는 검은 그림자가 가득하다
'하늘이 우리들의 그림자'라는
나의 말에는 너도 고개를 주억거리며 말했다
하지만, 아마 그건 누가 깜박 잊고 간 우산이 들으면
싫어할 농담일 거야
고의가 아니라서 원망도 못 하는

절대로 무사히 빠져나갈 수 없도록 촘촘히 비가 온다
내 검은 우산으로는 막을 수 없는
네 그림자가 하늘에서부터 내게 그물처럼 던져지듯
비가 온다

미래로 간 시인의 영혼
—— 독자와의 만남·1

*

미래의 어느 시점에 매우 드물게 당신은 한 시인과 이런 대화를 하게 될 수도 있다.

지금 자신이 이미 죽었다고 말하고 있는 건가요?

네, 그렇지만 꼭 그렇다는 건 아닙니다. 내가 온 과거에서는 당신들이 죽은 상태에 더 가깝지만, 차마 당신들이 죽었다고 이야기할 수 없어서 차라리 내가 죽었다고 이야기하는 것이기도 합니다.

지금 설마 내가 이미 죽었을 수도 있다고 말하고 있는 건가요?

네, 그렇지만 꼭 그렇다는 건 아닙니다. 태어나기 이전이라면 죽은 상태에 더 가까운 게 사실이지만, 차마 나도 이 미래에 내 자신이 죽었다고 확언하기가 조금 자신 없기도 하고요. 뭐랄까 아쉽기도 하고……

당신은 지금 무슨 말을 하고 있는 사람인가요?

지금, 이 이야기를 엿듣고 있는 독자들의 시점에서는 먼 미래에, 혼자 있는 당신과 대화를 하는 사람입니다.

보통은 '자연'스럽게 아무것도 하지 않는 사람입니다.

지금처럼 당신과 나중에 누가 살았는지 죽었는지 갈팡질팡 횡설수설할 사람입니다. 내가 온 시간으로 돌아가면 한밤처럼 까만 글자로 미래의 당신에게 전하는 시를 쓸 생각입니다.

시는 별로 관심 없지만, 당신의 키는 아주 크군요.

아, 그러고 보니 정말 그렇군요.

그렇다면 당신과 대화하는 이 순간만은 내가 죽은 이가 맞습니다. 이 모습은 내 영혼입니다. 설명이 좀 길어질 것 같네요.

과학적으로 영혼은 육체보다 부피가 대략 1.5배 더 큽니다. 그래서 죽는 순간, 일생 육체에 갇혀 있던 텐션으로 스프링 인형처럼 영혼이 순식간에 튀어나옵니다. 그때는 누구나 깜짝 놀라기 마련이죠. 가령 시한부라 죽을 줄 이미 알았더라도 곁의 사람들은 새삼 깜짝 놀라며 눈물을 줄줄 흘립니다.

한밤에 베갯잇 같은 살가죽 속에서, 잠결처럼 미래로 튀어나온 흰 솜 같은 나의 영혼과 당신은 지금 이야기하고 있습니다. 밤이 가기 전에 악수나 하실까요? 이것도 '인연'인데…… 내게 당신은 먼 미래에 속해 있습니다.

먼 미래는 한 단어로 '자연'입니다.

**

그의 영혼은 밤마다 미래로 튀어나온다.

영혼인 그가 무리에서 멀찌감치 떨어져 혼자 있을 때는 잘 모르지만

영혼인 그는 2미터가 넘는 농구선수 A보다 1.5배가 크다.

어떤 날은 A의 아내인 1.6미터의 B보다 1.5배가 크다.

사실이라서 놀랍고, 때때로 그림자처럼 변하는 키가 이상하지만, 육체가 아닌 영혼의 문제라는 점에서 사실이고 그다지 놀랍지도 이상하지도 않은 일이다.

그의 영혼은 그들이 태어나기 전 먼 과거에서부터, 타임머신 같은 A와 B의 몸속에 탑승해 있다가 미래로 막 튀어나온 것이다.

요컨대 시인인 그의 영혼은 먼 미래의 A와 B의 영혼이다.

그러고 보니 그를 포함해 셋 이상이 함께 있는 장면을, 그의 시집을 읽는 내내 '나'는 본 적이 없다.

그래서 사람마다 그에 대한 목격담이 다르다.

사람마다 다르게 기억하는 그의 키처럼.

셋 이상의 사람이 모인 곳에서 가끔 그의 시에 대한 이야기가 나오지만, 영혼 없는 이야기는 겉돌고, 영혼인 그는 늘 외톨이처럼 떠돌고

떠도는 그를

그의 시집을 읽다가 우연히 발견하는, '나' 같은 외톨이 독자와 시에 한결같이 무심한 어떤 무리의 중간쯤에

그는 우두커니 서 있다.

내가 시집을 다 읽을 때까지, 자신의 시집 속으로 부끄러워 들어오지도 못하고

집 나간 아이의 눈으로 멀찍감치 '나'를 보며 서 있다.

그럼에도 시집을 읽고 있는 누군가에게

아무래도 좀더 가까이 서 있는 그는, 멀리 있는 무리보다 당연히 1.5배쯤 크게 보인다.

'원근감', 과거와 현재와 미래라는 것은 그저 원근감이 아닐까.

이제 그의 특징에 대해 이야기해보자.

＊＊＊

그렇다.

그는 독자인 당신의 짐작처럼 주로 밤에 목격된다.

그는 깎아놓은 사과처럼, 시큼한 얼굴에 몸에는 검은 멍이 가실 날이 없다.

그는 잘 넘어진다.

우습게도 그래서 우리는 그를 잘 발견하지 못한다.

우리가 우연히라도 길에서 그를 마주치고, "저기 혹시 유령시인 아니신가요?" 돌아볼 기회가 와도, 그는 그 순간 만화처럼 꽈당 넘어지며 우리의 시야 밖으로 절묘하게 벗어난다.

매 순간

넘어진 그의 팔꿈치와 무릎 등은 이미 새까맣다.

밤이라는 까만 잉크에 꾹 찍은 것처럼.

부딪히고 넘어지며 세계와 가장 먼저 맞닿는 부위에, 그의 몸의 모든 모서리에, 머금은 밤이 뚝뚝 떨어진다.

누구나 넘어지면 까만 멍이 드는 것은, '자연'스러운 일이고

지구가 온통 까만 밤으로 가득 차 있는 하나의 주머니라는 것을 본질적으로 증명한다.

지구의 질량에 비하면 머리카락 한 올보다 가벼운 한 사람의 체중 정도로 땅을 꾹 짚어도, 멍처럼 까맣게 묻어 나오는 밤이 확인 가능하다.

무수히 넘어지는 그의 몸속엔 이미 빈틈없이 밤이 들어차 있다.

그는 몸에 가득 찬 그 밤으로 어디로 가서 무슨 이야기를 쓸까?

과거의 미래인 현재, 미래의 과거인 현재는

세계 안팎이 온통 까매서 아무도 그의 아름다운 까만 글자들이 자아낸 시편들을 못 보겠지만

먼 미래의 그들이라면 그가 시로 전한 신호를 받아 볼 수도 있다.

그들이 보통 쓰는 것보다 1.5배쯤 커다란 글씨로 정성껏 씌어진 시인의 생존 신호를 어쩌면, 그들이 끝내 발견

하지 못할 수도 있다.

　그 또한 안타깝지만 수긍할 수밖에 없는 '자연'스러운 일이다.

미세 먼지와의 전쟁
—— 무명 시인

지난밤에 끄지 않은 텔레비전에서 환경부 장관이 나와 아침부터 미세 먼지와의 전쟁을 선포했다. 허상과의 전쟁이다. 굳이 말한다면 스스로와의 싸움이랄까. 부스스 자리에서 일어난 너는 절망적인 표정으로 말했다. "밤사이 지구가 12센티미터쯤 풀썩 내려앉았어." 왜 12센티미터냐는 물음에는 명확한 증거를 제시하지 못하겠는지, 너와 나의 키 차이,라며 얼버무렸다. 그러나 무척 진지한 표정에 나는 믿기로 했다. "건물이 조금씩 무너질 때 구석구석 켜켜이 스며들어 쌓여 있던 묵은 먼지들이 피어오르잖아." 알기 쉬운 예를 들며, 너는 단호히 이 미세 먼지의 이유가 바로 지구가 조금씩 내려앉고 있기 때문이라고 진단했다. 심각한 상황이라고 했다. 잠을 자기 무섭다. 지구가 또 12센티미터쯤 내려앉을까 봐. 물론 하루에 12센티미터쯤의 속도로 바닥에 완전히 떨어지기까지 충분한 시간이 남아 있을 것으로 추정되나, 솔직히 알 수 없다. 멸망의 이유가 이 한 가지만은 아니지만, 당장 지구가 털썩, 털썩 내려앉을 때마다 피어오르는 이 미세 먼지는 어쩔 것인가. 짧더라도 공기처럼 투명하게 살고 싶다는 너와 나의 바람은 어쩔 것인가. 그것은 문제였다.

우리는 게릴라 잔당처럼 낙오한 민병처럼 또는 배고픈 용병처럼 약속이나 한 듯 거리로 나왔다. 혹시나 미세 먼지로 가득한 공중을 피해 땅바닥을 뚫고 날아가려다 정신을 잃은 새가 없는지 찾았다. 온종일 한 마리도 발견하지 못하고 쓸쓸히 귀가하는 것이 다반사였다.

지구상의 새―정확히는 지구처럼 둥근 알을 깨고 태어난 사실상 모든 족속, 그중에 특히 새―를 지구 속으로 되돌려 보내야 지구가 간신히 우주에 부유할 수 있다. 훨훨 하늘을 날아다녔던 새를 땅에 보내 다시 생전 만큼 날아다니게 하면, 지구는 꼭 그만큼의 부력을 유지하게 된다. 지상으로 나온 생명들보다 땅에 묻힌 수가 적으면, 지구는 그만큼의 부력을 잃고 조금씩 떨어지게 된다는 허상에 가까운 이야기로

며칠째 허탕을 치고 돌아와 너는 시를 한 편 쓰고, 이면지에 출력해서 다음 날 새벽 해가 뜨기 전 화단에 묻었다. 온전한 새 한 마리를 대신하기에는 터무니없이 부족하지만, 깃털 하나만큼이라도 시간을 벌기 위해서다. 그것도 모르고 지구의 독자들은 참 속 편하게 먹고 자고 싸우며 살 것이다. 자욱한 미세 먼지 속에서 서서히 훈제되

며 아무것도 모른 채. 지구가 여전히, 겨우 떠 있는 이유와 그 부력의 근원에 대해, 차라리 아무것도 알고 싶지 않은 채.

　너의 시는 그렇게 쓰자마자 묻힌다. 아무도 읽어봤다는 사람이 없다.

바다와의 호흡

바다에 갔다. 호흡이 맞지 않는 너와, 바다에 왔다. 너와는 키스할 때조차 호흡이 맞지 않아 금세 숨이 코까지 차기 다반사다. 처음부터 우리는 키스하며 '서서히' 서로에게 빠져 죽고 싶었다. 결국 1분도 채 버티지 못하고 어푸어푸 고개를 휘저으며 수면 밖으로 얼굴을 들어 올리듯 짧은 키스는 끝이 난다. 우리는 키스를 하며, 서로 몸을 바꿔 대신 죽을 수 있기를 꿈꿔왔다. 무수히 시도했으나 살아 있으므로 실패했다. 들숨과 날숨의 리듬을 섬세하게 주고받아야 가능한 일이다. 외부 공기가 아닌 오직 상대의 온몸을 통과한 숨으로만 숨을 쉬는 것인데, 상대가 내뿜는 날숨 속의 5퍼센트 부족한 산소와 4퍼센트 많은 이산화탄소를 들이마시기를 반복하며, 아주 서서히 서로를 정지시키는 것이다.

바다에 갔다. 살아 있어 실패인 우리는 하염없이 바다를 바라보았다. 바다가 바라보기 위해 존재하는 것처럼. 파도 소리는 바다의 숨소리. 세상은 오직 파도라는 숨소리로만 가득 차올랐다. 서로의 키스로써가 아닌 그 소리에 먼저 숨이 목까지 차올랐다. 그냥 이렇게 여기서 이대로 죽는 건가 싶은 침묵의 시간을 견디다가 참지 못한

숨을 몰아 내뱉듯, 바다의 '바'와 바라다의 '바'와 바라
보다의 '바'는 같은 뜻이라고, 나는 나조차도 뜬금없는
말을 했다. 너는 산통 다 깬다는 표정으로 대답했다. 그
'바' 자를 바다 위에 써보라고. 나는 너의 간결하고 천진
한 유머를 사랑했다. 그래서 너와 이렇게 불쑥

　바다에 왔다. 오래전 수백 명의 들숨과 날숨을 삼킨 바
다가 밀려왔다가 밀려갔다가 밀려왔다가 밀려갔다가 했
다. 너는 잠자코 서서 무슨 생각을 하는지 모르겠지만,
나는 어느 순간 나도 모르게 파도에 내 숨을 실었다. 한
동안 밀려오는 파도에 맞춰 숨을 들이쉬고, 밀려가는 파
도에 따라 숨을 내쉬었다. 그러자 파도에 실린 온갖 잔
해가 먼저 내 목구멍 속으로 밀려왔다. 내 폐에 폐비닐
이 달라붙는 느낌이었다. 숨을 쉬기 어려웠다. 점차 파도
는 밀려와 여태껏 삼킨 죽은 이들의 숨을 내게 밀어 넣
고, 나의 세포와 감정과 의식을 씻어서, 밀려갔다. 조금
씩, 어느 순간 나는 파도가 되었다. 나의 숨은 더 이상 나
만의 숨이 아니게 되었다. 내 마지막 남은 한 모금 숨이
완전히 바다에 스며들기 직전에 온 힘을 다해 너를 찾아
보았다. 너는 벌써 바다 한가운데로 떠밀려 가는 파도가

되어 있었다. 나는 뒤늦게 너를 좇으며 바다가 되기 전에 마지막으로 '나의 생각'을 다음과 같이 정리했다.

이렇게라도 서로의 몸에 서로의 숨을 채워 넣었다. 서로 슬픔을 바꾸듯 몸을 바꿨다. 우리는 여태껏 거대한 목구멍을 마주하고 있었다. 익사한 지 수십억 년 된 슬픔의 폐는 일찌감치 바닷물로 가득 찼고, 슬픔의 들숨과 날숨은 생전 걸핏하면 몸을 맡겼던 이 파도고, 우리는 음이온과 양이온으로 썰물과 밀물 사이를 오갔고, 지구는 울음조차 안 나오는 공허한 목구멍 속에 거대한 목젖으로서만 덜렁거렸으며, 우리는 그 거대한 목젖에서 조금씩 흘러내리는 전해질로 간신히 매달려 있다가 희석되었다. 다행히 나는 내 목젖까지 깊숙이 파도라는 혀가 들어오는 이 슬프고 우울한 바다와의 키스가 좋다.

이 바다와의 호흡이 좋다.

방에는 밤
── 실업

손으로 무엇이든 잡을 수 있지만
손으로 손을 잡을 때 나에 대한 너의 체온을 정확히 가
늠할 수 있듯
오늘 무슨 일이 있었는지 물어도 대답 없이 잠든
네게로 다가가서 너의 귀에 나의 귀를 대보았다.
네가 다급한 목소리로 알아들을 수 없는 잠꼬대를 해서
네가 온종일 무슨 소리를 들었는지 엿듣기 위해
귀에 귀를 대는 그 순간
내 귓속으로 푸드덕 날갯짓 소리가 날아들었다.
나는 단지 네가 회사에서 무슨 안 좋은 소리를 들었는
지 걱정되고 궁금했을 뿐인데
예기치 않은 일이 벌어졌다. 세상에 새라니

글쎄 새라니, 그 새는 어느새 네 귀로 숨어든 것일까.
그리고 너라는 창틈을 통과해 내 귀로 날아든 것일까.
땅이나 공중에 묻혀야 할 새가, 뾰족한 부리를 가지고
귓속에 깊이 파묻힌 걸까.
한 계절 귓속을 휘젓는 날갯짓 소리에 시달릴 것이다.
너의 이마에 내 이마를, 코에 코를, 입에 입을, 무릎에

무릎을, 발에 발을, 손에 손을

　다시 귀에는 귀를 청진기처럼

　밤새 차례차례 가만히 갖다 대보았다.

　그러자 다음과 같이 새의 목소리가 들려왔다.

　그 언젠가 '나'는 막 너의 머리를 빠져나와 떨어지는 긴 머리카락을 공중에서 우연히 낚아챈 적 있다.

　공기처럼 공중에 잠시 부유하던 머리카락 한 올

　그 머리카락이 바닥에 떨어지기 직전에 한 마리 '새' 인 내가 붙잡았다.

　불현듯 스스로를 내던진 길고 구불구불한 머리카락처 럼 예측 불가한 궤적.

　아무리 예측 불가한 궤적을 그리다가도 글러브 속에 정확히 빨려 들어가는 변화구처럼

　그날부터 너도 밤마다 '나'의 방으로 날아들었다.

　내 방에는, 먼저 들어온 밤이나

　아무리 쓸어내도 늘 떨어져 있는, 누군가의 머리카락 은 있지만

　아무도 없다.

동전을 넣고 타석에 서면

빌딩 뒤에서 한쪽 다리를 높이 차올리며 와인드업하는 둥근 해가 너를 뱉어낸다.

너는 온종일 낙차 큰 커브를 그리다 글러브 속으로 빨려 드는 마구처럼 너의 침대 한가운데로 정확히 꽂힌다.

자정 너머까지

아웃당한 너의 '걱정'만이 허탈한 유령처럼 불 꺼진 회사 로비에 우두커니 서 있다가, 뒤늦게 로커 룸으로 터덜터덜 돌아간다.

여기까지 새의 목소리를 엿듣고 있을 때

너는 반짝 눈을 떴다.

너의 '걱정'이 지금에서야 퇴근해, 네게로 돌아온 것이다.

백자

온 세상에 무수히 실금이 가 있다
봄날의 아지랑이에서 한겨울의 나뭇가지까지
무수히 무심한 얼굴들 주름들
특히 네 입술의 주름들, 키스하는 순간 산산이 깨질 것
같다

기어이 백자를 깨뜨릴 듯 검은 새 한 마리가 내 정수리
위로 화살처럼 스치고 간다
머리카락이 백자 위로 난 실금처럼 쭈뼛 선다
이러다가 내 머리 바로 위에서 백자가 산산조각 날까
무섭다

내 머리 위에서 땅거미가 내 머리카락으로 거미줄을
치고
밤마다 내 꿈 밖으로 달아나는 것들이 걸리길 기다린다
달아나다 공중에 난 실금에 걸려드는 순간 백자가 산
산조각 나는 꿈

하나뿐인 백자에 누군가 매일 던지는 짱돌처럼 해와

달이 눈부시게 날아든다

　백자 한쪽에 오늘은 검은 구멍이 뚫린 듯 먼 산의 연기
와 불길

　연기와 불길을 뿜으며 하늘로 까마득히 추락하듯 산
넘어 멀어지는 비행기

　너는 거대한 산불을 흔들리는 눈으로 바라보며

　우리에게 언제나 단 하나 남은 백자를

　무심히 내쉬는 한숨에도 재처럼 허물어질 온통 실금
투성이 오늘 하루를 두 손으로 조심히 들어 올린다

　무척

　깨지기 쉬우나

　그래서

　깨지지 않는다

　사람들의 유골이 담긴 오늘의 백자를 검은 창에 묻는다

비의 마중

어린아이가
무지개 우산을 쓰고 맞은편에서 동동 떠내려오듯
오고 있다.

네가 비켜서는 방향으로 아이도 비켜서기를
여러 번
가만히

멈춰 선 아이의 우산은 비의 무릎 같다.
네 앞에 쪼그려 앉아 마치 너를 어린아이처럼 내려다
보는
키가 큰 비의 한쪽 무릎 같다.

너를 마중 온 비.

한쪽 무릎을 꿇고
우산도 안 쓴 너의 이마를 매만지는 비의 젖은 손가락.

너는 아이의 무지개 우산 위

공중에 목례를 하고 서둘러 마중 간다.

급히 챙긴 하나 남은 우산을 쓰고 갈 생각을 미처 못하고.

죽은 아이 마중 간다.

그동안 잃어버린 우산들을, 그렇게 모두 다 주고 돌아왔다.

살짝 식은 공기

몇 년째 산소 호흡기에 물려 있는 식물인간 애인 곁에
식물처럼 말라붙어버린 사람
커튼 너머의 그가 이야기를 시작한다

"우주는 온통 흰 눈밭이었는데, 누군가 제 몸을 그 눈
밭에 내던지고 스스로를 굴려, 지구라는 것을 만들었대,
아주 오랜 후에야 지구라는 이름이 붙은, 흙투성이 눈 뭉
치 하나를 만드느라, 우주의 흰 눈이 다 소진되는 바람
에, 지금의 우주는 대부분이 검은 거래"

흐르는 이야기의 쉼표들 사이에
커튼 너머 그가 숨을 들이마시면, 실내 온도가 살짝(약
77억 분의 1도) 떨어지고
더운 숨을 내쉬면 곧 다시 회복된다

"온 힘을 짜내 공중에 던져진 둥근 눈 뭉치 하나가 지
구라면, 바로 지금 지구의 시간이, 위로 힘닿는 데까지
가능한 한 치솟다가, 우주에서 가장 밑바닥인 제자리를
향해 떨어지기 직전에 멈춘 찰나라면, 위아래로 당기는

힘이, 생사가 정확히 같은 이 짧은 순간"

　점점 숨이 차는 그의 이야기를 따라가며 그와 나는 엇박자로 숨을 쉰다
　목숨처럼 하얀 풍선 하나를 바닥에 떨어뜨리지 않도록 지금 그와 내가 번갈아, 끊임없이 입김으로 풍선을 불어 올리듯
　미세하게 떨리며 가까스로 유지되는 온도

"사랑하는 사람이 죽기 직전의 순간, 눈감기 직전의 눈 속으로 무심코 들어갔다가는, 지구로부터 돌아 나오지 못한대, 영원히 우주로 돌아가지 못한대, 죽은 사람의 동공이 지구라는 거지, 정말 완전히 지구에 갇힌다는 거야, 다행히도, 눈물이 악착같이 쏟아져 시야를 가리는 이유가 있는 거야! 잊지 말고 눈물의 재료가 될 생수병은 꼭 챙겨야 해, 가벼운 농담이 아니야"

　바람과 파도를 절반씩 섞어놓은 색깔의 커튼 속에 빠져 울음소리도 없이 우리는 익사하고 있다

최대한 숨을 아끼고 참으며, 떨어지려는 온도를 붙잡으려는 것처럼

보인다, 커튼 너머의 그가 내게, 내가 그에게

"그러니까 인간의 슬픔은 귀중한 우주행 티켓이야, 악착같이 품에 지녀야 할"

정말 죽을 각오로 이제 깊이 잠수하려는 듯 그는 숨을 한껏 들이마셨다

방금 지구라는 병실 한 칸의 실내 온도가 인구수 분의 1도 떨어졌음을 확인하고 간호사가 병실을 나갔다

산과 바다로 주름진 커튼 너머에 그는 이제 없다, '티켓'을 테이블 위에 그대로 두고

바이털 그래프처럼 깊고 길게 감긴 애인의 눈 속으로 이미 뛰어들었다

긴 정적을 그으며 이어진 수평선

상현달 모양의 가습기가 소리 없이 빙글빙글 돌고 있다

어깨가 미세하게 떨려왔다, 인구수 분의 1도쯤
정말 살짝 공기가 식었다

새들의 호주머니

새들이 자꾸 내 호주머니 속에 둥지를 튼다

내가 호주머니에 무심코 손 한번 넣었다가 빼는 정도
의 시간을 머물며 먹고 자고 새끼를 낳고, 순식간에 날아
간다

날아가서 다시는 돌아오지 않는다
네 손을 처음 잡았던 그 순간의 내 손처럼

언제든 미련 없이 날아가려는 듯, 그날의 새가 낳고 버
린 내 손이
어느새 또 자라 호주머니 속에서 날개를 들썩인다

다급히 빠져나가는 내 두 손 때문에
바지 밖으로 딸려 나온 호주머니는 새가 두고 떠난 날
개다

새들의 날개는 빈 호주머니다
새들은 호주머니를 채울 손이 없다

새들의 손은 이미 새들을 버리고 오래전 하늘 밖으로
날아가고 없다

　자신을 버리고 간, 잃어버린 두 손을 찾으러
　새들은 제 몸보다 커다랗고 텅 빈 호주머니를 밖으로
빼고 펄럭이며 오늘도 날아간다

생각이 든 사탕

그림자를 커튼처럼 열어젖히면
비가 오고 있다, 언제부터인지
창틀에 참새 한 마리가 앉아 고개를 푹 숙이고 그 비를
다 맞고 있다
세찬 비에도 차가운 창문은 무사했다, 오늘도 깨지기
는커녕
조금도 녹지 않았다

바람이, 빗방울이 돌기처럼 돋은 길고 거대한 혀처럼
세상의 모든 창문을 동시에 핥고 있다
바람은 창문이 어떤 맛일까
창문은 오늘도 녹지 않았다
대신 반으로 쩍 쪼개지듯, 창문이 열리고 네가 얼굴을
드러낸다
너의 머리는 금세 젖는다
바람의 혀에 감긴다
바람은 네가 밤새 하던 생각이 어떤 맛일까

매일 빨아 먹어도 사라지지 않는 사탕이 있다는 건 매

력적이다

더구나 그것이 매일 다른 감정을 가진 사람의 생각이
든 사탕이라면 더더욱

사탕을 입안에서 굴리며 나는 네게로 천천히 걸어갔다

마음을 무겁게 하는 네 생각을 하지 않으려 애쓰면서

내 안에 든 돌멩이 같은 네 이름을 남김없이 뱉어내며

몸과 마음의 무게를 최대한 줄이면서

혹시 내 그림자 안쪽 살얼음같이 낀 얇은 창문이 깨질
까 봐

와장창 천둥 번개가 치고

어느 날 나의 작은 부주의로 그림자 안쪽 창문이 깨지고

내가 맨홀처럼 캄캄한 창문 속으로 빠져 세상에서 한
순간에 사라진다면

마치 지금 건너편 아파트 베란다 난간에 매달린 저 여
자처럼

얼마 전부터

내 그림자 안쪽 창틈으로 바닷물이 새어 들어와서

내 신발은 늘 젖어 있다

물론 내 발도 퉁퉁 불어 있다

자기 전에 젖은 신발을 벗고, 장화처럼 부은 발도 벗고, 그림자를

활짝 열어젖힌다

마치 스위치처럼 그림자를 젖히면, 그제야 깊은 밤이 환히 켜진다

온종일 나는 내 그림자를 옷처럼 내 몸에 꼭 맞게 입고 싶었다

온종일 그림자는 내 것이 아닌 것처럼 크거나 작았다

침대에 엎드려 울면, 드디어 내 몸이 내 그림자에 꼭 맞는다

침대에 엎드려 울면서

나는 내 그림자 너머를 본다

금 간 창밖을 본다

여태 비를 맞고 있는 새를 본다

나는 달달 떨고 있는 새를 향해 더운 입김을 불어준다
그리고 뿌예진 창문을 소매로 닦으면
창밖에는 더 이상 비도 바람도 너도 새도
아무도 없다

비는 이 순간도 뚝 뚝 떨어지고 있는 세상의 모든 링거
액처럼
이곳으로 스며들어
아주 조금씩 천천히 뛰는 심장처럼
아주 천천히 조금씩 모든 걸 지운다

온갖 생각이 가득 든 사탕만 그대로다

서퍼

환한 파도가 밀려온다
나는 일어난다
늦잠 자는 너를 깨워
함께 손잡고 파도 타러 간다

우주라는 척박한 땅을 딛고 우리가
보는 지구가 푸른 것은
지구와 우주 사이가 바닷물로 조금 젖었기 때문이다
금세 마를
지구는 무중력의 욕조에서 방금 넘친 한 줌의 바닷물
이다
한 줌의 바닷물에 다들 모여

이미 수백 명의 사람들이 서프보드를 타고 있다
수면 반대편에는 수백 명의 죽은 사람이 파도를 타고
있다
양측에서 같은 너울을 타고 있다
과연 어느 쪽이 실체고 어느 쪽이 반영일까
어느 쪽이 살고 어느 쪽이 죽었을까

척박한 땅 우주를 딛고 서서 보면 과연
어느 측이 파도의 위쪽이고 또 아래쪽일까
그건 매우 판단하기 힘든 일이다

사실 매우 일정하지만
우리로서는 예상치 못할 리듬으로 흐르는
파도를 잘 타지 못했다 너는, 툭하면 거꾸러지고
가라앉았다, 그런 너를 서프보드처럼 그만
바다 한가운데에서 놓치고 말았다
내가 놓친 너는 파도 안으로 매일 나를 잡아당기고
그런 너 때문에 나는 파도 밖으로 벗어나지 못하고

너나 나나 파도의 리듬 속에서 먹고산다
파도와 파도 사이에 창을 내고
파도와 파도 사이에 걸린 해먹 같은
너울 위에 누워 잔다
어떤 밤이면 같이 몰래 나와
지구 반대편 작열하는 태양에 데워진
해변에 나란히 누워 차가워진 몸을 덥힌다

그런 밤
흰 파도 밀려오고
검은 파도 밀려오고
　　　　밀려오고　　　밀려오고　　　밀려오고
밀려오고　　　밀려오고　　　밀려오고　　　밀려오고

수평선 양 끝을 잡고 누군가 쉼 없이 줄을 돌리고 있는
끝없는 줄넘기처럼, 파도가, 밀려오고

밀려온 파도가 다 밀려가기 전에
밀려가는 파도에 몸을 실으러
일어나는 순간
나는 막 한 줄기 파도에 발목이 걸려 넘어지고 있다

서핑
── 딸과 함께

서쪽 바다에 있는 너를 동쪽 산으로 불렀다
산 중턱 아버지 무덤가에 돗자리를 펴고 앉았다
심한 바람에 돗자리가 파도 위의 뗏목처럼 일렁였다

봉분은 대개 두 가지 맛밖에 없다
민트 혹은 바닐라
너는 저 무덤에서부터 덤처럼 내게로 왔다, 뒤늦게
작열하는 태양 아래
달콤하지만 금세 녹아버릴 것 같은 아이스크림처럼
아빠처럼? 그래 우리처럼
음식 위로 자꾸 나뭇잎들이 뚝뚝 떨어졌다
이 산은 바람이 많이 분다, 바다보다
죽은 이들의 관이 열 맞춰 서프보드처럼 대기하고 있다
주인이 찾아오면 언제든 난바다로 나아갈 수 있게

바다는 왜 바람이 항상 많이 불까
나무가 없어서?
나는 산에 바람이 가장 많이 부는 것 같은데
나무가 있어서?

나무 때문이야, 어느 쪽이든
나뭇잎에 바람이 박쥐처럼 새카맣게 매달려 있는 것
을 봐

산은 바다 밖으로 한달음에 뛰쳐나간
커다란 파도야
바다라는 운동장이 작았나 봐
산은 달리고 있어, 정확히 지구의 속도로
지구의 페이스메이커, 산은 1년 내내 땀을 흘리잖아
나뭇잎은 땀방울이야
땀방울에는 사철 바람이 달라붙어 있어
나무 그늘은 검은 우산이야
우산 위로 나뭇잎이 뚝뚝 떨어져
땀인지 눈물인지 모를 그것들이

나무 그늘 아래에서 우리는 가지고 온 음식을 먹었다
앞산 너머 먼 산에서부터 산불이 해일처럼 밀려오고
있었다
기다렸다는 듯

우리는 남은 김밥을 마저 우물거리며

바람에 거세게 일렁이는 돗자리에서 일어나 무릎을
굽히고 두 팔을 벌리고 자세를 잡았다

불타는 파도가 밀려오고 있었다

손끝에 자라는 웃음

얼마 전, 죽은 너의 미소 띤 입술을 만지고 난 후부터
오래된 영화 속의 외계인처럼 손끝에 빨갛게 불이 켜
졌다
사실 그것은 손끝에 맺힌 핏방울일 수도 있겠다

내가 기억하는
너는 결국엔 피가 돋도록 손톱을 맨 끝까지 자르는 사람
매일 손톱을 자르려고 책상에 홀로 앉는 사람
손톱에 까만 시간이 끼는 걸 참을 수 없는 사람

소리 없는
손톱 모양의 웃음기
손톱만큼의 웃음기
손톱의 때만큼의 웃음기
웃음의 기미도 싹을 자르려는 듯

그러나 너는 손톱이 자라는 속도로 조금씩 천천히 도
리 없이
웃는다

와와 시간이 이렇게나 빠르다니 감탄의 유언을 하며
웃는다

손톱은 몸에 마지막 남은 비늘이며
웃음은 미늘처럼 뾰족한 손톱 끝을
물고 몸 밖으로 죽어도 죽어도 올라오고

잘라도 잘라도 뜯어도 뜯어도
자라는 비를 뿌리까지 뽑아낼 수 없듯
한바탕 소나기만 쏟아져도
둥근 무덤 위에 한 뼘은 자라는 잔디처럼
잡초처럼

오직 시간이 흘러가는 것,에 대해서만 우리는 웃는다
흘러내리는 모래시계처럼
흘러내리는 모래를 거머쥐는 손끝의 손톱처럼

얼굴의 모든 주름이 팽팽히 당겨지고 선명해진다
손끝의 지문처럼

아직 죽은 사람
—— 독자와의 만남·2

나는 방금 전까지 내 기억 속에서 살다 왔다고 주장하
는, 처음 보는 사람을 만났다.

더 들어볼 일고의 이유가 없는, 뻔하고 가소로운 수작을
부리는 그 낯선 사람은 심지어 잠에 취한 것처럼 보였다.

나의 기억은 통째로 미래에 있다는 게 그의 주장이다.

그래 언젠가는 미래도 누군가의 기억일 것이다.

아무리 그래도 나는 당신이 완벽히 낯설어요.

그는 그 순간 눈을 반짝이며 내 말 사이로 비집고 들어
왔다.

잠결이라고는 믿을 수 없는 순발력이었다.

바로 그거예요, 당신이 방금 말한 그 '완벽히' 속에서
내가 살다 왔습니다.

당신이 완벽히 기억하고 있다고, 또는 완벽히 기억에
없다고

완벽히 믿고 있는 그 깊은 두 단층 속의 진원.

미래와 과거 또는 기억과 망각의 두 단층이 엇갈리며

낸 지진, 시간의 틈새에서.

　그 순간

　하늘에서 망치로 창문들을 내려치는 듯한 소리가 났고 으스러진 유리 조각 같은 빗방울들이

　폭발한 우주선 잔해처럼 쏟아졌다.

　이렇게 말해도 좋겠습니다.

　저는 당신이 이미 죽은 먼 미래의 어느 밤에, 생전 당신이 평생 못 잊은 기억을 기록한 시를 우연히 읽고 그만,

　그 시 속에 갇힌 사람입니다.

　죄송한 말이지만 매료되었다기보다는, 덫에 걸린 것에 가깝죠.

　당신이 죽으며 버리고 간 부비 트랩 같은, 당신이 끝내 못 잊은 기억의 일부에 엮여

　본의 아니게 이렇게 저는 당신이 죽어서도 못 잊는 기억에 속한 사람입니다.

　며칠 전 당신이 죽은 사람들에 대한 시를 쓰고 있을 때

저는 당신보다 얼마간 먼저 죽은 그 사람이거나

지금 이렇게, 아직 태어나지 않아서 죽은 사람입니다.

백색 소음처럼, 미래와 현재의 시제가 자주 뒤섞이는

그 사람의 얘기를 흘려듣다가 나는 궁금해진다.

당신이 온 미래는……

죽은 나조차 못 잊을 만한 일들이 여전히 많습니까, 묻

는 순간

나는 어느새 내가 죽은 미래의 깊은 밤, 어느 방에 와

있다.

색 바랜 내 시집의 페이지들을 블라인드처럼 걷어 젖

히고

내 기억의 일부라고 주장하는, 처음 보는 그 사람의 잠

든 얼굴을 유심히 보았다.

역시 전혀 '알 수 없는' 얼굴이었다.

내가 어떤 기억을 유독 못 잊는 이유를 나조차 도통

'알 수 없는' 것처럼

결코 못 잊을 얼굴이었다.

안부

　일 년 전 펑펑 눈 오는 날 어디선가 작은 새가 하얀빛에 이끌려 날아왔다. 새가 부딪혀 죽은 창문에 손가락 한 마디쯤 되는 실금이 생겼다. 모두 그 일을 잊고 시간은 흐르고 매일 나무 우듬지가 조금씩 자라듯 실금도 아무도 몰래 자라났다. 사계절이 흐르는 동안 아무도 몰래 서서히 그날이 왔다. 드디어 그날 밤만 지나면 창문은 허물어질 것이었다. 세상 누구도 그 사실을 몰랐다. 허물어질 일만 남은 창문에 예기치 않은 첫서리가 내렸다. 예정된 새벽 그 순간, 허물어지려는 창문에 첫서리가 홑겹의 얇은 배내옷처럼 입혀졌다. 그리고 세 시간 삼십 분쯤이 지나, 초겨울 아침 해가 창에 드리운 지 한 시간 십 분 만에 첫서리는 냇물에 던져진 흰옷처럼 젖어 투명하게 흘러내렸다. 그런데 웬일인지 창문은 허물어지지 않고, 꼭 사흘을 더 버텼다. 버티다가 떨어지는 첫눈을 맞고, 다 타버린 재처럼 하얗게 허물어져 내렸다.

　이번 겨울 그 아이도 하얀 창문 같았다.

　이후 동네 아이가 던진 눈 뭉치처럼 하얀 새가 하얀빛에 이끌려 날아와도 부딪혀 죽지 않았다.

어린 이

학교 유리창에 새 그림자가 스치듯 어렸다

작은 새 한 마리가 초등학교 앞 차도를 가로질러 낮게 날아가다가 용달 트럭 바퀴에 빨려 들어갔다

과속하던 트럭 바퀴가 밤사이 고인 비 웅덩이를 밟으며 휘청거렸다

오래되어 군데군데 꺼진 도로, 움푹 파여 늘 비들이 모이는 곳

방금까지 울며불며 날아가던 새가 떨어진 낙엽 한 장처럼 웅덩이에 고요히 떠 있다

다음 날이면 비 웅덩이는 속도 빠른 엘리베이터처럼 하늘로 올라가고 없을 것이다

다시 가로수 가지에, 전봇대 전선에 빗방울들이

작은 새처럼 모여 앉았다가 바람을 날개처럼 펼치며 뛰어내렸다

소나기가 쏟아졌다, 길을 건너던 한 어린이가 빗속으로 빨려 들어갔다

남겨진 어린이들이 다음 날 아침부터 비 웅덩이에 모여 낙엽을 띄우고 있다

소나기를 태우고 지상에 내려온 비 웅덩이를 잡아타

고, 세상에 잠시 어렸던 아이 한 명이 올라간 날이다

온몸에 멍이 어리듯

창 위에 찬 불빛이 어리듯 세상 위에 잠시 어리던

어린이라는, 어린 이들을 붙잡으려고

매년 나무들은 꼭 쥐고 있던 나뭇잎을 다 내버린 채 빈
손을 치켜들고

지켜서고 있다

어린과 아린

── 회복

너는 이른 아침에 눈을 번쩍 뜨고, 네 가슴팍에 올려진, 간밤에 네가 도망 못 가게 너를 꼭 끌어안고 자던 '커다란 잠'의 길고 무거운 팔을 조심스레 침대 위로 옮겨놓고 일어난다.

잠이 깨어나서 다시 너를 끌어안고 침대에 뒹굴기 전에.

어젯밤의 잠은 우울하였다. 참으로 우울한 잠……

너는 곤히 잠든 잠을 조용히 바라본다. 가엾은 잠……

너의 잠은, 어제 늦게까지 뒤척이며 울다가 겨우 잠들었으니, 잘 수 있을 때 자둬야 한다.

잠이 너를 옴짝달싹 못 하게 끌어안고 자는 와중에도 너는 몰래 빠져나와 꿈을 꿨다. 마치 잠시 바람 쐬러 나와 담배 한 개비를 피우듯 너는 꿈을 줄줄이 피워 올렸다. 연기처럼 흩어질 듯한 하얀 잎사귀들이 침대 위로 참으로 무성하였다.

네가 꾼 꿈 한 포기를 모종처럼 침실에서 덜어 주방에 옮겨 심었다. 옮겨 심은 너의 꿈이 정오의 햇빛에 금세 무성히 자랐다. 한나절 만에 핀 꽃들을 꺾어 식탁 화병에 옮겨 담았다. 간밤에 네가 하릴없이 심은 꿈이 이렇게 싹이 나고 잎이 나고 꽃이 나서 우리 공용 식탁 한가운데에 어렸다. 내 손끝이 닿지 않아 시들시들 참으로 아름다웠다. 죽은 어린 딸에 대한 너의 이야기가 귓가에 어렸다.

어제 네가 꾸었다는 꿈 한 포기가 그새 집 안에서 숲을 이루었다.
숲속에는 너와 내가 모르는 묘지가 많았다.

닫힌 침실 문이 스르르 열렸다.
늦잠 잔 어린 너의 딸이 휴일마다 자주 그랬듯, 혼자만 늦게 일어난 게 괜히 잔뜩 심통이 난, 너의 '잠'이 '이유 없는 울음'을 터뜨렸다.

네가 본능적으로 그 어린 울음을 들쳐 안으려 황망히 일어나는데
딱, 창문을 누가 내려치고 있었다.
딱, 너무 멀쩡해 보이는 창문, 꿈결처럼 흐려지는 식탁
다만 유리를 씹듯 입안이 아렸다.

얼굴빛

살아남은 이들은 염치없게도 죽은 이들이 언제까지고 늘 곁에 함께 있어주기를 고대한다.

자신이 죽을 때까지 먼저 어디 멀리 가지 말고 기다려주기를 바란다.

그래서 고작 내가 할 수 있는 건 너의 얼굴빛을 살피는 일.

오늘 창밖은 온통 너의 얼굴빛이다.

거센 바람에 너의 얼굴빛이 흐려지고 뿌옇게 흩어진다.

먼지바람으로 터질 듯 꽉 찬 창문이 놓친 풍선처럼 떠오른다.

구름 사이로 해가 나왔다 들어갔다 하고 비행선이 해로 들어갔다 나왔다 한다.

밀가루에 빠진 찹쌀도넛처럼 미세 먼지로 가득한 공중에서 해가 뒹굴다가 해거름 검은 기름처럼 펄펄 끓는 서쪽 산속에서 바삭하게 튀겨질 것이라고

혼자 잠시 하릴없는 딴생각에 빠진 순간

그만 낮달이 건져 올려지고

하품처럼 짧은 꿈을 꿨어.

어제 하루 동안 세상 사람들이 뱉어놓은 각지고 젖은 말들이 각자의 창문 속에서 화장되어 산산이 부스러지고 먼지로 흩뿌려져 오늘 이 세상에 이렇게 뿌옇게 가득해.

그 말 이후 너는 불현듯 혼자임을 깨달은 듯 더 이상 한마디 말이 없고

나는 너의 얼굴빛을 살핀다.

너는 두 손으로 입을 틀어막고 있다.

울음이든 비명이든 또 내 이름이든, 어차피 미세 먼지가 될 말들이 더 이상 몸 밖으로 튀어나오지 못하도록.

이미 '죽은 나'는, 옆에서 너의 얼굴빛을 살핀다.

어제 출근길 너의 얼굴빛과 내일 퇴근길 얼굴빛이 반반씩 섞인 오늘의 빛깔인

공휴일 너의 얼굴빛을 살피며

이렇게 혼자 쉴 때 특히 네 손을 더 꼭 잡아줘야 하는데, 내 손이 이 모양이라 어쩌나

생각한다.

옆 사람의 거리
── 관념적인 시·1

그때 내 옆 사람이 나를 옆 사람으로 여겼는지 알 수 없다.

옆 사람과 종일 죽은 새나 죽은 새처럼 거리에 떨어진 낙엽(이후부터 '낙옆; 거리에 떨어진 옆자리'로 변주)들을 거두고 다녔다.

몸보다 마음이 힘들 때면, 옆 사람은 낙옆처럼 텅 빈 눈물을 뚝뚝 흘리며 겨울나무처럼 말라갔다.

나는 위로가 되지 않을 몇 마디 말 대신, 옆 사람의 얼굴에 젖은 낙옆처럼 달라붙어 있는 커다란 눈물들을 옆에서 가만히 한 장 한 장 떼어주었다.

세월이 흐를수록 아무리 열심히 떼어줘도 주름 많은 낙옆은, 옆 사람의 얼굴에 박혀 떨어지지 않게 되었다.

점점 옆 사람의 얼굴은, 거리에 무수히 떨어진 옆자리처럼 텅 비어갔다.

내 옆에 그 옆 사람이 없는 것은, 옆 사람이 없는 지금도 상상하기 힘들다.

세상의 새들이 겨울철 낙옆처럼 다 떨어지더라도

앙상한 나무와 힘줄이 연결된 듯 버티며 눈바람을 다

맞는 단 한 장의 나뭇잎처럼 옆 사람과 나는 옆에 있었다.

생각해보면, 평생을 불면에 뒤척여도

매일 매 순간 단 한 번도 같은 모양으로는 흐트러진 적이 없는 이불처럼, 내 옆 사람의 얼굴은 무수하다.

무수한 표정으로 울던 무수한 얼굴이다.

그 수를 헤아릴 수 없어, 오직 단 한 사람인 옆 사람.

나의 단독자.

창가에 성경처럼 반듯하게 놓인 침대 앞에 선, 나의 단독자.*

그 침대 위의 내 옆에는 한 사람이 누울 만한 공간이, 많다.

내 옆에는 오직 한 사람만 누울 수 있는 공간이, 많다.

내 옆에는 매일 퍼다 써도 다 못 쓰고 죽을 잠이 아주 많다.

그 많은 내 옆에는 꽃다발 하나가 있었고

어느 날 내 옆에 그 꽃다발 하나가 없을 때

내 옆을 뺀 모든 공간이 꽃다발이었다.

드디어 나는 꽃다발 속에 있다.

누구도 쉽게 나를 발견하지 못한다.

내 옆으로 방금 바람 한 장이 날아와 앉는다.
바람따라 잘 마른 낙엽(그것은 어느 봄날 내게 기댄 적 있는 옆 사람의 얼굴, 내 어깨 위에 웃으며 돋았다가 울며 떨어져버린)과
그해 봄날에도 기적처럼 살아남은 노란 나비 한 마리 (그것은 그날 내 어깨에 기댄 옆 사람의 선잠, 참을 수 없이 자꾸 감기던 눈꺼풀)도 날아와 앉는다.
앉았다가, 건네지 못한 꽃다발과 함께 날아가고 없다.

지금 내 옆에는 없음이 거대하게 있다.
낙엽처럼 거리 가득 떨어져 있는 옆자리.

세상에는 두 종류의 옆 사람이 있다.
늘 옆에 있었던 사람과 처음부터 옆에 있었던 적 없던 사람.
지금은 둘 다 같은 옆 사람의 빈자리.
옆 사람과의 거리는 침대에 누워서 옆으로 한 바퀴.

옆 사람이 그 텅 빈 긴 거리를 혼자 헤매고 있다.

옆 사람은 옆으로 간다.

옆에 있다가 옆으로만 떠난다.

앞에서 안 보이게 옆으로 떠나는 옆 사람은 내가 알아채지 못하게 어느새 가고 없다.

옆 사람이 방금 떠난 자리를 쓰다듬는다.

얼음장처럼 차갑다.

언젠가 거리에서 옆 사람이 말했다.

처음부터 누구도 앉은 적 없는 옆자리는 보통의 체온보다 따뜻하다고.

문제는 그 자리에 체온이 얹히는 순간부터

차차 차가워지는 거라고.

여태 내 옆 사람은 차가워지는 그 자리에 앉아 있었다.

* '신 앞에 선 단독자'(키르케고르)의 변주.

옆 사람의 두통

두통은 어디서 오나.
어느 차디찬 극지에서 오나.
아니면 순식간에 바람에 날려 바다에 툭 떨어진
낡은 모자나 혹은 구멍 난 호주머니 속에서 오나.
함께했던 시간 내내, 두통이 오는 길을 되짚어가
잠시 물러간 두통들이 모여 잠든 곳을 찾아다녔던 사람.
옆 사람의 두통 하나도 나는 치료해줄 수 없다.

내가 사랑하는 옆 사람은 늘 두통에 시달린다.
적어도 의사는 그 이유를 알 수 없는
습관적인 두통에
시달리다가, 시들어가는 옆 사람이 문득 혼자 있다는
이유로
이유 없는 눈물을 흘릴 때
그 두통이나 외로움의 눈물 모두, 냉골인 내 방이 녹아
흐른 것일까.
어디서 떨어져 나온지 모를 죄책감이 유빙처럼 떠다
니는 방에 나는 둥둥 떠 있다.

두통 때문에 내 얼굴도 잘 못 알아보는 옆 사람은

데이트를 위한 임시 처방으로 아주 차가운 아이스크림을 마치 뜨거운 감자를 삼키듯 단번에

꿀꺽 삼킨다.

그러면 그 순간 잠시 두통이 씻은 듯 사라진다고 한다.

그제야 옆 사람은 빙긋이 힘없이 웃으며

오랜만에 날 알아보고는 눈처럼 새하얀 손으로 내 뺨을 어루만진다.

신기하기도 하다, 정작 마주 앉아

같이 아이스크림을 삼킨 나는, 정수리에

도끼가 내리꽂힌 얼음덩이가 된 듯 얼얼하다.

눈앞 옆 사람의 얼굴이 조금씩 천천히 완전히 흐려진다.

안타깝다.

옆 사람은 얼음덩이가 된 내 입술을 입김으로 녹이고

나는 옆 사람의 아이스바처럼 하얀 손을 주머니에 넣어 녹이고

그렇게 시간이 멈춘 듯 흰 밤, 검은 밤, 흰 밤, 검은 밤마다 어느새 나는 기절해 있다.

언제 들어왔는지 모른다.

얼음장 같은 빈방에 쓰러져 잠들어 있다.

일어나보면 언제나 옆 사람은 없다.

더 정확히는, 옆 사람 옆에 내가 없다.

내 옆이 아닌 곳에서 혼자, 옆 사람이 울고 있다.

　옆 사람은 아침으로 늘 주먹밥 같은 아이스크림을 삼

킨다.

　깜박 늦잠을 잔 날이면, 각얼음 두 개라도 알사탕처럼

깨물어 먹고 나간다.

　그래야 두통이 잠시나마 가시고 오늘 살 세상이 눈앞

에 보인다.

　금세 흐려지겠지만.

　그러나 그 잠깐 사이 눈으로 보아버린 슬픈 일들 때문에

　그래도 죽지 않고, 산다.

　옆 사람이 무릎을 꼭 껴안고 웅크려 울면

　옆 사람의 몸이, 어린아이가 시린 손으로 굴린 눈덩이

처럼 둥글어지면

　내가 할 수 있는 일은

　옆 사람의 몸에 달라붙어 같이 얼어가는 흙모래를 애써 털어내는 일.

　옆 사람의 작게 웅크린 몸을 끌어안고 내 얼굴을 올려놓으며, 잠시나마 함께 눈사람이 되는 일.

　다음 날 해 지고 헤어질 때면 우리 같이 세상에서 녹아 사라지는 일.

　결국 두통에 아이스크림처럼 다 녹아버려서 옆 사람은 이제 얼굴이 지워지고 없다.

　나는 옆 사람을 깊이 사랑한 만큼, 옆 사람의 얼굴을 잃어버리지 않으려 기억의 주머니 가장 깊숙이 빠뜨렸다.

　그래서 지금 옆 사람의 얼굴이 까마득히 기억나지 않는다.

　나는 마치 마음처럼, 머리가 깨질 듯 아프다.

오늘은 없는 색

물이 고이는 곳에 물때가 끼듯 매일 공기가 고이는

사실상 세상 모든 곳에는 때가 낀다, 녹이 슬거나 주름이 지거나

꽃이 피거나.

또 하나의 심각한 찌든 때는 빛 때문에 생긴다.

햇빛이 고이는 곳에는 무엇보다 시커먼 때가 낀다.

빛이 빠져나가면 미끌미끌한 어둠이 잔뜩 껴 있는 걸 알 수 있다.

땅거미와 나는 공생 관계다.

내 몸 곳곳에 낀 빛의 시커먼 때를, 땅거미가 한발 미리 내려와 매일 밤새 머리부터 발끝까지 깨끗이 청소해준다.

그 청소가 한창일 때

나는 빛에 찌든 때가 앞서 완벽히 청소된 '유일한 곳'에 간다.

사랑하는 너와 함께 있던 그곳에 너는 이제 없는 것과 같다.

그곳은 기억 속일까 아니면 꿈속일까, 하지만 그건 너무 흔한 추측인걸, 매 순간 의심하며

청소가 끝나길 기다린다, 기다리다 깜박 잠이 든다, 물론 두 눈을 감고

심지어 두 눈을 감고 있는 순간에도

우리는 매번 '기억' 속에 찌든 때처럼 낀 우리를 보고 있다. 이를테면 다음과 같은;

네가 공허한 시선을, 창밖으로 던지며 한숨을 폭 내쉬고, 다시 책 속으로 거두며 정확히 그만큼의 숨을

들이마실 때, 나는 네 몸속으로 몰래 슬쩍 빨려 들어갔다가

한숨이 되어 도로 빠져나온다.

내 추억의 게임이다.

결국은 너의 기억에 낀 가장 오래된 때는 '너'다.

결론은 나 자신이 내 기억에 낀 지워지지 않는 때였던 것처럼.

한때 나는 '네'가 내 기억에 잔뜩 낀 닦이지 않는 때인 줄만 알았다.

눈물 고인 모든 오늘은 어제와 내일 사이에 낀 물때.
오늘은 어제와 내일을 반반 섞으면 띠는 색.
오늘은 알 수 없는 색이다.
오늘은 나의 생일이다.

생일은, 기다리던 퇴원 날.
다인실 옷걸이에 걸린 몸을 집히는 대로 입고 나온 날.
그날부터 몸과 마음따라 변해가는 색.

요람에서 무덤까지 세월에 꼭 맞게 늘어났다가 줄어들었다가
한 움큼의 먼지가 되는 몸.
물이나 빛이나 공기가 평생 고인 몸.
'나'는 물과 빛과 공기가 고인 나에게 낀 때.
세상에 없는 색의 때.

내게 묻은 '나'라는 찌든 때를 한때나마 닦아준 사람을 사랑한다.

나를 무색하게 하는 일을 한 그 사람을.

어떤 바람도 없이

내 생일을 기억하는 너와 같은 사람을.

우화등선

하늘을 훨훨 나는 새들을 보며 생각에 잠긴다. 생각의 수위가 올라가 코에 들어가고 귀에 들어가고 눈에 들어간다. 비까지 온다. 누구는 우측, 누구는 좌측, 날개가 하나뿐인 게 평생 땅에 붙어 다녀야 할 만큼 잘못인가. 태생이 날개가 하나뿐인 우리들, 몰래 삐죽이 기어나오는 바퀴벌레처럼 잠든 사이 한쪽에서만 자라는 날개들. 손톱이나 발톱처럼 제때 잘라주지 않으면 불현듯 좌측이든 우측이든, 의지와 무관하게 한쪽으로 순식간에 날아올라 무지개처럼 긴 포물선을 그리며 산, 바다 너머로 추락하게 되는 우리들. 그나마 다행한 건 그걸 전혀 모르고 사는 우리들. 그걸 전혀 모를 수밖에 없도록 날개가 자라는 족족 끊어 가는, 우화등선의 부지런한 종업원들. 그렇게 해서 번 돈으로 우리들을 '거의' 다 태우고도 남을 만큼 커다란 우화등선이라는 이름의 우아하고 아름다운 우주선을 건조하고 있다는 소문이 있다. 가난한데 자식까지 잃은 사람부터 가장 먼저 태우고, 그다음 자식 잃은 사람, 그다음 평생 노동했으나 가난한 사람, 그다음, 그다음, 가장 마지막에 혹시 자리가 남으면 시 쓰는 사람들을 태운다는 꽤 훌륭한 탑승 규율을 세워놓은 우화등선이라는 컴퍼니의 그럴듯한 계획에 대해 확인된 바는 없다. 단지 배가 몹시 고파 우화등선이라는 고깃집에 갔다. 날개 고기만 내놓는 인적 드문 시간에 찾아갔다. 인간의 한쪽 날개의 맛은 흔히들 예상할 수 있듯, 바람, 구름, 공중, 아지랑이 등의 맛이 아니다. 시커멓게 불에 탄 흙 맛에 가깝다. 물론 바람, 구름, 공중, 아지랑이 그리고 불에 탄 흙 맛 등을 나는 모른다. 맛보기 전에 늘 잠에서 깼다. 한쪽만 자라는 우리의 날개는, 전혀 맛본 적 없는 아는 맛이다. 이를테면, 죽음의 맛 같은 것이다. 그러니까 죽을 맛이다. 아주 조금씩 눈치채지 못하도록 자라난 한쪽 날개가, 언젠가 어느 날 우리를 한순간에 무지개처럼 긴 포물선을 그리며 화장장에 처박을지도 모르는, 살 떨리는 맛이다, 가슴 떨리는 맛이다.

워킹 메이트

너와 함께 버스를 타고 가다가 내릴 곳을 놓쳤다. 한 정거장을 거슬러 오다가 바닥을 기고 있는 약 12센티미터쯤 되는 작은 새 한 마리를 발견했다. 새는 한쪽 날개가, 자동차나 오토바이 바퀴에 부지불식간에 밟혔는지 짓이겨져 고통스럽게 뒹굴고 있었다. 우리는 버스를 타기 전에 구입한 운동화를 박스에서 꺼내고 새를 옮겨 담았다. 우리는 상의 한마디 없이 당연한 듯 인근 공원으로 갔다. 후미진 벤치에 앉아 박스를 열어보니 새는 죽어 있었다. 지금 돌이켜 생각해보면, 죽은 게 아니라 어쩌면 고통으로 기절해 있었는지도 모르겠다. 새가 죽은 줄 알고, 우리는 서로 말 한마디 없이 당연한 듯 주변에 뒹구는 돌덩이, 손에 잡히는 나무 꼬챙이로 나무 밑을 박스 하나 묻을 만큼 팠다. 사흘 내내 짙었던 미세 먼지가 걷히고 맑고 볕이 좋은 날이었다. 저 산 봐, 산을 덮는 나무들, 나뭇가지, 나뭇잎의 윤곽까지 보이는 것 봐. 정말, 네 말대로 정말, 맞장구치지 않을 수 없는 비현실적으로 느껴지는 맑은 날씨였다. 우리는 새를 묻으며 새에 대해서 한마디도 하지 않고, 날씨 얘기만을 했다. 늘 반복해서, 약간은 의무적으로 해야 하는 일을 하듯, 오로지 날씨 얘기만 했다. 우리는 새를 묻고 영화 예매를 취소하고 아무런 계획도 없이 벤치에서 각자 시간을 보냈다. 물론 미세먼지가 없었기에 가능한, 방금 묻은 새에 대한 조금의 애도였다. 외투에 넣어 다니던 "유령시인"이라는 제목의 작은 시집을 꺼내 읽다가 얼마 지나지 않아 밀려오는 졸음에 시집을 머리맡에 엎어두고 벤치에 드러누웠다. "엎어놓은 이 책 말이야, 조금 전 묻은 그 새의 짓밟힌 날개 같아." 한순간 못쓰게 된 날개, 간만에 청명한 거리를 기분 좋게 산책하던 새를 기어이 땅속으로 끌고 내려간 망가진 날개의 집요한 날갯짓을 생각했다. 맞아, 네 말이 맞아, 되뇌며 나는 시나브로 잠이 들었다. '어디야, 6시까지 올 수 있어? 응 5분 안에. 집에 새가 들어와 죽어 있어.' 누군가가 우리 앞을 지나며 다급히 통화하는 소리가, 잠에 빠지기 전 마지막으로 들려왔다. 불현듯 서늘함에 번쩍 눈을 떠 시계를 보니 6시 정각이었다. 5분 사이 해도 빌딩 뒤로 넘어가고 너도 어디 가고 없었다. 잠시 화장실을 찾았던지 너는 곧 돌아왔지만, 엎어놓은 책은 어디론가 완전히 날아가고 없었다. 좀 지루한 탓도 있지만 아직 다 읽지 못한 시집이었는데, 아까 새를 묻은 땅

을 한번 파볼까, 잠시 고민하다가 우리는 누가 먼저랄 것
도 없이 벤치에서 부스스 일어나 유령처럼 공원을 빠져
나갔다. 공원에 거주하는 유령들이, 퇴근해서 돌아오기
전에.

위독 일기

*

땅속에서 썩지 않는 검은 봉지들은 지구 환경에 심각
한 문제가 된다
이 지구가 우주 속에 묻힌 검은 봉지다
검은 봉지 속에 담긴 것들은 죄다, 해결되지 않는 문제다
검은 봉지 밖에 흘러나온 것들을 일단 모두 수거해야
검은 봉지를 재활용이라도 할 수 있게 된다
수십억 년간 계속된 수거는 여전히 계속되고 있다

**

가장 어렸을 때 이곳에 태어나지도 않았을 때
무척 위독했을 때 잠결에 잠깐 눈 떴을 때 캄캄한 벽을
가르며 열리는 문을 보았다 정확히는 문이 아니라 칼날
같은 흰빛의 문틈을, 그 틈새를 보았는데, 그다음 날부터
나는 실제 아프기 시작했다 문틈에 베이며 평생 자주 울
었다

125

한 생이 시작되기 직전 나는 검은 봉지에 담겨 일정대로 이곳 '지구의 적도'를 넘고 있었는데 밑이 터진 봉지에서 그만 굴러떨어졌다 봉지를 들고 저만치 가던 누군가가 사과 한 알처럼 굴러떨어진 나를 발견했다 차라리 알아차리지 못했더라면 좋았겠다는 표정으로, 잠시 망설이다가 되돌아와 나를 주워, 검은 봉지 속으로 도로 집어 ─넣기까지의 순간 그림자 속으로 도로 집어 넣어지기 직전의 시간이, 검은 봉지처럼 입이 쩍 벌어진 그림자 위에 떠 있는 시간이, 내 일생이다

***

　다른 생의 어느 날 나는 다시 위독하여 그 문틈에 이르렀다

　몸 안을 비집고 들어와 기어이 틈을 낸 긴 병은, 세상에 유일한 시간의 틈새다

　긴 칼날처럼 호흡을 반으로 가르고

　나의 들숨과 날숨을 탯줄처럼 끊는 날카로운 흰빛

　햇빛이 꽂힌 문틈이라는 긴 칼집에 스치기만 해도

내가 담긴 검은 봉지가 또 찢겼다, 담기자마자

　다시 나는 눈사람처럼 벌거벗고 검은 봉지 밑으로 굴
러떨어졌다

　백주의 햇빛 아래서 나는 또다시 수거되기를 기다렸다

****

　검은 봉지가 검은 밤만큼 가깝고 커다래지는 시간

　오늘 나는 드디어 또다시 위독하다

　'지구의 적도'를 넘는 줄넘기도 그만하고 싶다

　다시 죽는 순간 나는

　지금 죽지 않는다면, 앞으로 내게 벌어질 모든 유감스
러운 일에 대해 흔쾌히 용서하기로 했다

　고작 용서 하나를 못해 번번이 검은 봉지에서 미끄러
지고 후렴처럼 떠도는 일이 다시는 없도록

　이번에는 문을 꼭 닫았다

　얼마 후 캄캄한 벽을 가르며 너무 쉽게 용서해버리는
나를 용서하기 위해 누가 문을, 또 열었다

유독 무릎에 멍이 잘 드는 너와 산책하는 일

*

빌딩 대형 스크린에 단풍 든 산맥들이 펼쳐지다 까맣게 불탄 산봉우리에서 멈춘다.

산은 구부린 공중의 무릎 같고, 그중에 불탄 산은 멍든 무릎 같다.

기어오르던 벼랑에서 그만 미끄러지는 절체절명의 어느 순간

자일 한 줄이 허공에서 나를 잡아채듯

너의 손이 나를 붙든다고, 할 수도 있지만

실제는 내가, 스크린에 시선을 빼앗긴 채 넘어지려는 너를 아슬하게 붙잡는다.

다행히 너의 무릎은 간신히 바닥에 찧지 않는다.

너는 날 보며 배시시 웃는다.

우리는 뒷산 산책로로 들어선다.

길섶의 둥근 무덤은 뒷산의 무릎 같다.

뒷산은 무덤의 수만큼 낮게 무릎 꿇고 있다.

산책이란 인생에서 어떤 의미일까.

인생이 곧 산책이 아니겠냐는 생각은 일단 접어두고 다시 한번 생각해보자, 그리고 한 가지만 더.

네가 걸핏하면 넘어지는 이유는 무얼까.

놀랍도록 천천히 걷는 네가 급히 걷거나 뛰는 사람들에 비해 유독 잘 넘어지는 이유는 무얼까.

너의 싱거운 농담처럼 정말 이 지구의 자전 속도 때문일까.

세상 누구도 1초에 465미터의 속도로 움직일 수 없는데

나보다 두 배로 느린 네게는, 심지어 두 배로 빨리 지구는 자전한다.

지구의 자전 속도;

식탁 위에 남겨진 눈물 젖은 음식들과 음식이 담긴 식기들, 아직 흘리지 않고 용케 참고 있는 눈물이 가득한 투명한 유리컵을

넘어뜨리지 않고 다음 사람 앞에 그 위치 그대로 똑같

이 세팅하기 위해, 순식간에 식탁보만 빼내는 속도.

　지구의 하루하루는 한 장 한 장 눈 깜짝할 새 빼내는 얼룩진 식탁보.

　그 걷히는 식탁보에 넘어지며 테이블 밖으로 딸려 나가버린 사람들.

　내가 아는 죽은 사람들.

　자주 넘어지는 너는 그 사람들과 많이 닮았다.

　그래서인지 너는 그 사람들을 나보다 더 못 잊는다.

　내가 잠시만 한눈팔면, 넘어지는 너는 하루아침에 테이블 밖으로 식탁보에 딸려 나갈 것 같다.

**

　우리의 우주가 넘어지는 순간

　바닥에 찧고 꿇은 무릎이 지구야.

　그래서 지구는 매일 검붉게 물들고 욱신거린다.

　무릎에 찬 물처럼

　바다가 차지.

지구는 우주의 무릎이다.
우주는 매일 넘어지고

그때마다 어 어
밀물의 바다가 해안으로 출렁 넘치고
바람이 모든 창문을 침몰시키고
배가 기울고
빌딩이 흔들리고
정전된다.

우주는 최소 하루에 한 번 벌써 수십억번째 넘어지고
24시간 지구의 절반은 검게 멍들고
물이 찬 무릎처럼
지구의 안쪽이 온통 검은 멍으로 가득 차도
하루에 한 번은 무릎 짚고 일어선다.
시커멓게 멍든 무릎으로 툭툭 털고 일어서면
하늘 땅 바다가 온통 다 같은 멍 빛이다.
양수처럼 고요한 멍들 속에 둥둥 떠 있는 죽은 사람들.

죽은 사람들 걱정 그만 시키게
　오늘은 부디 넘어지지 말고 넘어가자 당부하며
　우리는 메신저를 닫고 각자의 자리에서 퇴근을 준비
한다.

　퇴근길 우두커니 멈춰 선 듯 유독 천천히 걷고 있는 너
의 손을 뒤에서 꽉 붙잡는다.
　아무런 장비도 없이 맨몸으로, 놓치면 끝장인 벼랑에
매달린 것처럼
　너의 손을 낚아채는 바람에 너는 그만 놀라며 주저앉
듯 넘어진다.
　너의 무릎에서 저녁이 순식간에 멍 빛으로 올라온다.

　황급히 너를 일으켜 세우는
　그 순간에도 아랑곳 않고 너의 시선이 꽂힌 저 멀리
　우리가 수시로 산책하는, 묘지가 유독 많은 우리 동네
뒷산 산책로가 산불로 활활 훨훨 타오르고 있다.

일교차

대문을 열고 나오자마자
갑자기 튀어나온 기침처럼 몸 밖으로 뱉어진 아침이다
돌아본다, 떨어진 돌멩이
불타버린 밤에서 튀어나온 불똥 같은 꽃송이를
무심코 돌아보듯 아침을
돌아본다

내게 너의 손이 따뜻하다면
너의 손은 서서히 차가워지는 중인 것
눈금 한 칸의 온도 차 사이에서
멸종한 지구상의 무수한 생물의 체온이
크레바스보다 좁고 깊은 온도계 눈금 한 칸 속으로
쏟아지는 눈발에 섞여 빨려 든다

휴일에 손잡고 걷다가 기별도 없이 너의 체온이
내 손을 탁 놓아버린다
얼음덩이가 된 내 손은
무심히 길 가던 누군가의 돌덩이 같은 손에 부딪혀
손목에서 부러지고 떨어지고 산산이 깨진다

우리 집에서

아침 일찍 나간 토끼가 충혈된 눈을 버리고

코끼리가 잿빛으로 그을린 코를 버리고

원숭이가 빨갛게 헌 엉덩이를 버리고

얼룩말이 까맣게 탄 얼룩을 버리고

기린이 불기둥 같은 목을 버리고

새가 불꽃 같은 날개를 버리고

쥐가 도화선 같은 쥐꼬리를 버리고

터덜터덜 돌아온다

평생 제 몸에, 화인으로 달라붙었던 열기를 내버리고

온 거라고 생각했지만

여태 바닥에 떨어지지 않게 그들을 붙들어주던 체온이

토끼, 코끼리, 원숭이, 얼룩말, 기린, 새, 쥐 등을 놓아

버린 날

종일 쏟아지던 폭설이 멎는다 더 이상

토끼, 코끼리, 원숭이, 얼룩말, 기린, 새, 쥐 등이 아닌

체온이 잔설로 남겨지고
  질퍽이다가 보도 위에 군데군데 물웅덩이가 된다

  사람들이 금세 살얼음 끼기 시작한 물웅덩이를 피해
집으로 간다
  저녁이다 추운 저녁이다 중얼거린다

  오늘 나는 그동안 붙잡고 있던 네 손을 놓아버리고
  아침의 일부터 가만히 돌아본다 자꾸
  돌아보며 돌아오다 빙판이 된 웅덩이에 넘어진다
  밤이다 추운 밤이다 중얼거리며 몸을 일으킨다
  아침에서 밤 사이에 어디쯤, 어느새 내가 차갑게 버려
졌는지
  돌아본다

자꾸 생각나는 괄호

거울을 봐, 눈, 눈동자, 눈썹, 코, 콧구멍, 콧방울, 입, 입술, 혀, 귀, 귓구멍, 귓바퀴
얼굴이라는 괄호 속의 괄호들.
그 괄호들 속의 괄호들이 겹겹이 가득해.
울고 웃어봐, 이목구비에 매달린 주름까지도 다 괄호투성이야.

괄호의 또 다른 표기는 물음표가 아닐까,
너는 달력 속의 숫자에 괄호를 치며 말한다.
너를 두고 떠난 그의 기일이다.
네가 친 괄호 속의 까만 숫자가 흡사 물음표같이 생겼다.

빈틈없는 동그라미로 날짜를 가두면 그가 제 기일로
못 찾아올 것 같아.
이렇게 괄호를 치면 위든 아래든
하늘에서든 땅 밑에서든
살아 있는 자들이 그어놓은 선을 넘지 않아도 쉽게 들

어올 수 있잖아.

그리고 무사히 나갈 수도 있을 것 같아.

**

지구라는 괄호 속의 무수한 괄호.

지금 네가 들고 있는 시집을 포함해

지구 속의 모든 유기물과 무기물을 그려보면 예외 없이 [대{중(소)}]괄호로 조합된 것을 알 수 있다.

먼 산과 바다, 바람과 파도, 나뭇잎과 물고기, 돌멩이들과

어쩌다가 지구라는 괄호 속에 갇힌 해와 달까지.

하디못해 우리 집 창문까지도.

괄호들 속은 침묵과 밤이 가득하다.

의문과도 같은 온갖 생각이 뭉게구름처럼 생겼다가 이내 텅 빈다.

내 옆에 채워 넣어야 할 괄호처럼 생겼다가

괄호만 벗어두고 사라진 사람에 대해.

사람의 몸은 괄호들의 총합이다,로 시작하는 길고 긴 시험 문항을 받아 들고

소괄호 같은 너의 두 눈은 금세 당혹감으로 차오른다.

그 괄호 속은 못 전한 무언의 말들로 들끓다가

거짓말처럼 지워지길 반복한다.

거스러미가 잔뜩 돋아난 너의 거친 손톱은 네 몸 가장 끝의 괄호다.

온몸의 마디마다 괄호로 막힌 너로부터

가장 멀리까지 용케 흘러나온 생각들을 배수진 치며 틀어막고 있다.

손톱은 평생 매 순간 끊임없이 밀려 나오는 온갖 생각을 가두는 작은 댐이다.

생각들이 자란다, 너는 습관처럼 손톱을 바짝 깎는다.

결국 잉크처럼 한 방울씩 새어 나오는 생각들로, 너는 날짜에 괄호를 친다.

'죽음이란, 죽은 사람들에 대한 생각이 혈액처럼 다

빠져나온 것이 아닐까?'

죽은 사람을 생각하며 날짜에 표시를 할 때마다

지구라는 괄호는 늘 텅텅 비어 보이는데

(이미 잊힌 슬픈 기억 한 토막), 그 괄호 밖으로 하나
빠져나간 것 없이 고여 있다.

너는 왼쪽으로 한 번, 오른쪽으로 한 번 괄호 두 개를
바짝 붙여

달력에 동그라미를 친다.

동그라미 속에 내 생일이, 어디로 도망도 못 가게 꽁꽁
갇혀 있다.

작명의 외로움

그는 며칠 만에 집에 돌아와 유통기한이 한참 지난 우유 한 잔을 따른다. 기한 내 그에게 유통되었으므로 권고 사항은 준수된 셈이다.

죽음은 유통기한이 단 하루에 불과하지만, 누구에게나 태어난 당일 판촉 우유처럼 배달된다. 그리고 수십 년이 지나도 죽음은 상하지 않을뿐더러 항상 권고 기한 내에서 소비된다.

그는 외로우면 우유를 마신다. 그는 혼자 따뜻한 우유를 마시면 외롭다. 빈 위장을 하얀 담요처럼 덮는 우유, 우유에 의해 위장에 오랫동안 먼지처럼 켜켜이 쌓여만 있던 통증이 순간 불길처럼 피어오르다 완전히 진화된다.

친구는 선물을 줄 때마다 늘 선물에 별칭을 지어주었다. 친구는, 결별하던 혹서기에 그에게 '외로움'이라는 이름을 붙인 무릎 담요를 선물했다. 평소처럼 흔한 장난이었다.

......

그때 하다못해, 정말 죽을래?라든지

무슨 말이든 했어야 했는데 그는 아무런 말도 못 했다.

이 여름만 지나면 사용할 수 있을 거야, 말하고는 친구
는 그 여름에 스스로 목숨을 끊었다. 정말 대단한 장난이
었다.

친구의 예언대로 금세 외로움으로 무릎을 덮을 수 있
는 계절이 왔다. 친구 잘 둔 덕분에 드디어 그의 외로움에
도, 부피와 질감과 온기와 심지어 약간의 무게가 생겼다.

새벽 3시에 또 옆집 개가 짖는다.

외로움을 머리에 뒤집어쓰면

외로움은 어느 정도의 소음도 흡수해준다.

놀라운 생활 활용법이다.

외로움은 손톱처럼 깎아내거나 얼룩처럼 씻어내는 것
이 아니라 그냥 그 위에 덮는 것이다. 덮고 가는 것이다.

불을 물이나 담요로 덮어 끄듯. 한때 서로의 몸을 담요처럼 끌어다가 덮으며 잠시 서로의 외로움을 꺼주었듯.

그는 며칠 만에 집에 돌아와 작정한 듯, 불길처럼 번진 곰팡이로 까맣게 탄 벽지 위에 흰 벽지를 바른다. 화장실의 깨진 타일 위에 타일을 올린다. 현관의 까진 페인트 위에 페인트를 칠한다. 땅에 묻은 친구 위에 다시 땅을 덮던 그 여름의 아침을 생각하며.

우유 한 잔이 땅속 같은 그의 몸 안에 잠든 식욕을 깨운다.
위장에 깔린 하얀 담요 같은 우유 위로
곧 따뜻한 빵이 뒤덮일 것이다.
밤새 내린 눈 위로 포슬포슬한 햇볕이 덮이듯.

잠의 몸
— 관념적인 시·2

내 옆에서 너는 잠들어 있다, 정확히는 너는 이제 없고
너의 잠이 내 옆에 누워 있다
너의 잠은 모로 누워 창 쪽으로 웅크리고 있다
너의 잠이 어느새 돌아누워 까만 눈동자로 나를 본다
너의 잠이 손을 뻗어 내 얼굴을 천천히 만지고 눈물을
닦는다

나는 너만 한 너의 잠을 끌어안는다
나를 너만 한 너의 잠이 끌어안는다
너의 잠은 나의 잠을 침대로 끌어내지 못한다
나의 잠은 내 안 깊은 곳에서 자주 잠들어 있어, 나는
거의 뜬눈으로 밤을 보낸다
나의 잠이 어서 깨어나 내 바깥으로 나와
내 이마에 걸터앉아야 나도 좀 잠들 텐데

네 밖으로 나온 천진한 너의 잠을 나는 받아들인다
네 잠의 마음을 나는 알고 싶다
네 잠이 나를 어떻게 생각하는지가 궁금하다
오늘은 너의 잠이 쌔근쌔근 나를 안아주었다

나는 너의 잠이 내게 가진 복잡한 감정을 느낀다

네가 잠들어 있는 걸 보려고, 정확히는
너의 잠과 조금이라도 더 같이 있으려고, 나는 오늘도
내 안의 잠을 아직 깨우지 않는다
새벽녘에야 반대로, '너의 잠'도 나의 잠과 잠시 만날
것이다
너의 잠은 나의 잠을 가만히 내려다볼 것이다
나의 잠이 웅크린 나의 몸을 알처럼 품고, 그 속에 움
튼 나도 모르는 감정들을
아직 너는 궁금해할지
알 수 없지만, 알 수 있는 건
알 수 없는 눈물을 새벽에 너는 곧잘 흘린다는 것, 다만
여기 없는 너는 너의 그 눈물을, 잠든 내 두 눈을 통해
서만 흘린다는 비밀!

인간의 '몸'은 처음부터 '잠'으로 뭉친 반죽 덩어리
몸속의 잠이 한 방울도 남김없이 완전히 빠져나와 너
의 몸을 갑옷처럼 단호하고 단단하게 감싸던 그날

찔러도 피 한 방울 안 나올 것같이, 네가 나무 관 같은
잠 속에 들어가버린 날
내 안에 사는 잠은, 슬프고 동시에 두려워
내 몸 안 가장 깊은 곳으로 꼭꼭 숨었다
그날 이후 내 잠은 겁먹은 짐승처럼 몸 안에서 잘 나오
지 않는다
쉬이 나는 잠들지 못한다

그해 봄에 죽은, 너의 잠 속으로 들어갔던
마지막 순간의 몸을 너의 마음을 이제 나는 다시 만날
수 없다
너의 깊은 잠, 기억처럼 흩어졌다가도 밤마다 다시 뭉
쳐 내 옆에 와 눕는
잠이 된 마음과 마음이 된 몸을;
잠이 된 몸을
나는 하루라도 빨리 두 팔이 모자라게 안고 싶다

정반대의 카스텔라와 우유식빵

식탁 위에 나란히 놓인
카스텔라와 우유식빵이 오늘 어떻게 다른지 생각해보자

내가 오늘 만든 카스텔라는 우유식빵 같고
네가 오늘 만든 우유식빵은 카스텔라 같다

작은 착오가 있어도
우리는 카스텔라와 우유식빵이 꼭 필요했으니 이 결과는
최대한 실패하지 않는 방향으로 함께 가려는
보이지 않는 의지의 힘일지도

오늘 우리, 정반대의 결과가
결과적으로 같은 것 같다는 것에 대해
같은 것 같다는 것은 얼마나 정반대로 다른 것인지에 대해
대화해보는 시간을 갖자 배고프니 빵을 먹으며
빵을 자르고 굽는 것에서부터, 먼저
카스텔라를 우유식빵처럼 자르고

우유식빵을 카스텔라처럼 잘라보자
카스텔라를 구워 딸기잼을 바르고
우유식빵을 우유와 함께 삼켜보자

그 맛을 천천히 음미해보면
익숙한 것이 섞여 얼마나 낯설어지는지
낯설지만 그럭저럭 견디고 먹을 만한
위장을 채우고 살로 오르는
우리의 카스텔라와 우유식빵은
우리의 과거와 미래 같다
카스텔라와 미래, 우유식빵과 과거 또는 그 정반대
현재로서 어떻게 작대기를 연결할지
착오로 주어진 오늘의 빵을 먹으며 생각해보자

너무 오래 뒤척여서 누렇고 푹 꺼진
카스텔라에 누워 희디흰 우유식빵을 덮고
둘 중 하나가 죽는 날까지
상대의 미래를 나의 과거로 또는 그 정반대로
바꾸어보자

조금 식은 공기

한 사람의 체온이 꺼지자
공기의 온도가 아주 조금 떨어졌다

무게로 환산하면 몸에서 떨어진 눈썹 한 가닥 정도
부피로 환산하면 운동장에 떨어진 새털 한 가닥 정도
온도가 떨어졌다

식은 공기 한가운데서 인파를 향해 조용히 경고 카드
를 내미는 신호등
눈금 같은 건널목을 사람들이 수은주처럼 오르내린다

도시의 톱니바퀴처럼 가로수 그늘이 빙글빙글 돌고
있다
맞물리며 도시를 가동시키는 그늘들
톱니바퀴 사이사이를 쓸고 닦고 기름 치는 사람들이
있다

마모되어 떨어진 톱니 같은 낙엽을 끊임없이
톱니바퀴 바깥으로 쓸어내던 사람이

어느 날 순식간에 톱니바퀴 사이로 빨려 들어 끼어 죽
었다
그 순간 거리의 공기가 다시 조금 식었다

놀란 낙엽들이 새처럼 푸드덕 날아갔다

그의 후임자가 태양 버튼을 꾹 누르자
작동되는 도시의 가로수 그늘들
햇빛이 반짝이처럼 뿌려진 아름답고 검은 톱니바퀴가
서서히 돌아간다
식은 공기가 조금씩 덥혀진다

좋은 날을 훔치다
— '시'라는 식당

우리는 한낮한시 한 유령시인의 애도 시 속에서 우연히 만나 사랑하게 된 사이.

주방에서 나는 연신 눈물을 훔치며 콧노래를 부른다.

오늘은 지금까지 슬펐던 것이 그다지 슬프지 않은 날이다, 그래서 더욱 마음껏 슬퍼해도 좋은 날이다.

콧노래를 부르다가 불현듯 얼굴을 약간 찡그린다.

얼굴 안에서 밖으로 갑자기 쏟아지려는 물풍선을 급히 붙잡듯 얼굴의 주름은 순간 수축한다.

"인간의 얼굴은 감정의 괄약근이다. 그것은 시도 때도 없이 자주 풀려서 문제"라며 나는 양파를 썰면서, 네가 불편해할까 봐 너스레를 떤다.

오늘, 아직 슬프지 않은 나는, 미리 눈물을 훔친다.

내 안에 그렇게 많이 고여 있어도, 눈물은 한 번도 내 것이 아니었다.

내 것인 적이 없다, 눈물은 너의 것도 살아 있는 누구의 것도 아니다.

살아 있는 이들 중에는 애초에 눈물의 주인이 없다.

다시 못 쓰게, 감정에 뒤섞여 얼굴 밖으로 결로처럼 맺힌 후에야

결로를 맨손으로 훔치고 창밖의 풍경을 살피듯, 비로소 나는 내 안에 고여 있던 내 것이 아니었던 눈물을 만진다.

내 안팎의 온도 차로 발생한 축축하고 미지근한

제 가치를 잃은 눈물을 좀 훔친다고 해서 탓할 사람이 있을 리도 없다.

몸은 이기적인 유전자를 담는 그릇에 불과하다,는 건 성긴 학설이다.

정확히 몸은 그 누구의 것도 아닌 '눈물'을 담는 그릇이다.

때때로 온몸이 주먹만 한 심장 속으로 뛰어드는 듯한 고통에 그릇이 흔들리는 만큼 눈물이 흘러넘칠 뿐이다.

그릇은 하나도 잘못이 없다 그러니 그릇은 슬퍼할 자격이 없다.

세월 따라 주름이 많이 간 그릇이 깨지기 전에 '눈물'

이 다른 그릇으로 매일 조금씩 누구도 눈치채지 못하게 잘 옮겨지면 된다.

휴일 늦은 저녁, 눈물이 듬뿍 들어간 나의 맛없는 요리를 맛있게 떠먹으려 너는 한참 전부터 커다란 숟가락을 들고 오직 사랑의 힘으로만 설명될 수 있는 시간을 기다리고 있다.

지구 탈출 불가능

지구를 탈출하자

내게 신뢰할 만한 몇 가지 정보가 있다

내가 20년간 시를 쓰면서 취득한 정보다

먼저 지구의 실체를 파악해야 한다 결론부터 말하면

지구는 떠도는 철새 무리 말석에서 비행 중인 한 마리
'새의 동공'이다

(이 사실은 내가 첫 시집부터 주장한 바다)

새들은 비행 중에 내내 눈을 꼭 감고 깊이 잠들어 있다

마치 공중이라는 공장에 바람이라는 컨베이어 벨트
위에 올라탄 듯

새는 잠든 채, 단단한 적막과 적막이 부딪히고 갈리고
깨져나가는 요란한 시간을 견디고 있다

귀를 찢는 시간과 바람으로부터 새의 동공을 보호하
고 있는 두 눈꺼풀을 우리는 얼마든지 볼 수 있다

붉은 '수평선과 지평선'이다

도시의 빌딩 숲에 가려 그것이 보이지 않는다면

그것은 시민들의 지구 탈출을 막으려는 기득권자들의
함정에 빠진 것이다

그러나 그것과 무관하게, 결국 지구 탈출의 방법은 허

무할 정도로 간단하며 동시에 무겁디무거운 목숨을 지니
고는 불가능한 이유 또한 분명하다

그저 암막 커튼 같은 밤의 수평선과 지평선 둘 중 하나
를 들추고, 떨리는 신인 배우의 마음으로 일단은 태양계
라는 작은 극장의 무대부터 나가면 되는 것인데

인간이 수십억 년간 대대손손 이어달리기해도, 새의 눈
꺼풀까지의 딱 하루 거리를 생전 한 치도 줄이지 못했다

공중이라는 공장에 바람이라는 컨베이어 벨트 위에
올라탄 새의 속도를 추월하는 것을

이쯤 되면 포기하는 것이 맞겠지만

포기하지 못하는 것은, 더 이상은 안 되겠다 싶은 정확
히 그 순간에 겨우 얻게 되는 지평선 한 자락 때문이다

어느 날 불현듯 공장의 정전처럼 찰나 시간이 멈추고,
그 틈을 타 자신도 모르는 새 새의 속도를 추월하여

눈앞에 존재하는 지평선의 실체를 확인하게 된다, 다
삭아 너덜너덜해져 떨어져 나온 지평선의 맨 끝자락인,
눈앞에 누워 있는 늙은 애인을

비록 깊은 잠에 들었어도, 살기 위해, 하루하루 이동하
는 새 떼의 새 일원이 되어 비행 중인 애인을 좇는 것이

내 여생이 되었다

지구는 떠도는 철새 무리 맨 끝에서 비행 중인 애인의
동공이다
이 순간에도 부딪혀오는 파도에 바람에 애인의 눈꺼
풀이 떨린다
나는 늘 애인의 눈꺼풀을 열고 지구를 탈출하는 꿈을
꾼다

지구가 자꾸 커진다

어젯밤에 우와아아아 우레처럼
누가 전력으로 달려와 번쩍
내 등에 나무 꼬챙이 하나를 꽂았다
돌아보지도 못하고
나는 그만 풀숲 그 자리에 풀썩 쓰러졌다
태풍에 단숨에 뽑혀 나간 나무처럼 던져져 누워 있다가
죽지 않고 눈을 떴다, 다만
어딘지 모를 곳에서, 그래서
어딘지 모를 곳으로
갈 수밖에 없는 모호하고 몽롱한 상태로
무작정 가다가 버티지 못하고 다시 쓰러졌다
냉장고에서 미리 꺼내진 주스 병처럼
내가 식은땀 흘리며 일어설 때마다 태양이
내 등에 빨대처럼 꽂힌 나무 꼬챙이로 나를 빨아 먹었다
나무 꼬챙이 끝에서 믹스된
나의 의식이 꽃처럼 비어져 나왔다가
말라붙었다 엎어져 잠든 내 등짝 위로
햇빛과 먼지와 눈과 비와 동식물의 사체가 퇴적되었다
그래서 무성한 숲이 되었다

그래서 반대에도 무릅쓰고 숲이 깎이고 도로가 났다
그래서 방금 어린아이 하나가 차에 치여 죽었다
숲으로 됐다면, 그저 숲으로 됐다면
원망하며 한 아이가 번개처럼 날아와
내 등에 나무 꼬챙이 하나를 꽂았다 비명도 못 지르고
나는 벌목된 나무토막처럼 쓰러지고
낙석처럼 벼랑 아래로 굴러떨어졌다
생물들의 마지막 표정이
내게 들러붙어 켜켜이 쌓였다
나는 지구처럼 황폐해지고 커지고 있다

아이들이 죽은 만큼 이 순간도 지구는 점점 커지고 있다
여럿이 시작하여 내가 혼자 남기까지 이 집이 점점 커
졌던 것처럼
‘자연’스러운 이치다
‘자연’스럽게 이 지구가 자꾸 커져 우주를 다 채워간다
우주에 남은, 고독의 틈이 거의 없다
이런 식으로 지구가 덜컥 멸망하면 우리는
영화에서처럼 좋은 우주선이 있어도 이주할 곳이 없다

진짜 하늘

몇 시간 전쯤 죽은 친구를 도와 땅을 열어주고 돌아왔
으니

지금쯤 드디어 친구는 하늘나라에 도착했겠다.

왜 우리는 망자를 땅에 묻고 다들 하늘나라로 갔다고
하나.

이런 직관의 위대함이라니.

온통 창으로 이루어진 지구를 헐값에 임대해서

맨 처음 지평선이라는 커튼 봉을 양 끝단에 설치하고

누더기 암막 커튼 같은, 산으로 주름진 흙빛 대륙을 매
단 이는

사람일 것이다.

친구가 커튼처럼 열고 나간

묘지 옆에는 엉키듯 휘늘어진 소나무 숲이 있다.

버스를 타고 떠나며 멀찌감치 보면, 숲은

서로 얽히고설킨 잔뿌리들 같다.

우리가 있는 이곳의 산천초목들은, 커튼 너머 작은 정
원에 있는 단 한 그루 나무에서 비어져 나온 잔뿌리들에

불과하다고 주장한 사람.

그 사람이
사방 창으로 이루어진 지구를 거의 거저 임대해서
맨 처음 수평선이라는 커튼 봉을 양 끝단에 설치하고
파도로 주름진 바다를 매달았다.

작지만 아름다운 정원이 딸린 오래된 집을 버리고
스스로를 지구와 우주 사이에 파묻은
그 사람의 고독 때문에, 우리는 덩달아 반지하 인간이
되어 온전한 창밖을 생전 본 적이 없다.
땅과 바다라는 암막 커튼을 열어젖혀야, 비로소 진짜
창밖이 보일 텐데.
정말 하늘이 보일 텐데.
정원의 나무 우듬지에 새 먹이로 둔 빨간 홍시처럼, 간
신히 붙어 있는 오늘의 해만이 수평선 너머로 설핏 엿보
인다.

우주는 검고 광활한 땅속이다.

그 가장자리가 바로 고개 들면 보이는 저 비구름이고
일찌감치 성공적으로 진화하고 적응한 새들은 두더지
처럼 구름을 파고들고 구름 사이로 기어다니며 새끼를
치고……

우리는, 우리의 생일날
우리가 생전 '공중' 또는 '하늘'이라고 부르는 땅바다
에서
'땅' 또는 '바다'라고 부르는 하늘로
그 사람이 던져 올린 주사위다.
주사위의 숫자만큼
진짜 하늘에 가장 근접해 있는 순간이
일생이다.

던져진 주사위의 그날이 오면 누구나
그제야 손만 쭉 뻗으면 닿는 땅이나 바다를 커튼처럼
열어젖히고
드디어 창문을 넘어 하늘나라로 입장한다.

한 그루 나무만이 있는, 그래서 거기에 기대 꼭 누군가를 영원히 기다려야 할 것 같은 무대 위

이제 주인조차 없는

작은 정원의 배추흰나비 애벌레가 되어 근심 걱정 없다는 친구의 편지를

나는 방금 창문에 떨어지는 빗방울들의 모스 부호로 전달받았다.

그런데 '그 사람'은

자신의 정원을 비우고 대체 어디 갔을까

위아래에서 다 찾고 있다는

친구의 마지막 의문이 담긴 빗방울이

창문에 붙어 모진 비바람에도 떨어지지 않고 있다.

창문

불이라도 났는지 엄마가 다급히 부르는 소리에
그만 창문을 깨버렸어 그리고 밖으로 뛰쳐나왔는데

수백 년간 창문 안에서 그토록 소중히 여겼던 것보다
숨기고 싶은 것들만 다 가지고 나왔어
기분 괜찮지 않아, 솔직히 나도 내가 그럴 줄 알았지만

그래서 나오자마자 울고 말았어
누구나 갓 나온 아이의 울음을 이해하지
알고도 모르는 척, 모르면서 아는 척
나는 울고 있는데, 다들 웃고 있지
내가 숨기고 싶은 것들을 하나하나 감정하듯 살펴보며

울음으로 빨갛게 달아오른 얼굴에 담긴
눈, 코, 입, 귀 그리고 팔, 다리, 손, 발
나는 내가 숨기고 싶은 것들만 모조리 가지고 나왔어
진짜 목숨보다 소중히 여겼던 것들은 모조리 두고
그토록 숨기고 싶었던
오직 한 줌 모래 같은 목숨만 가지고 나왔어

시곗바늘이 휘휘 젓고 있는 끓는 시계 속에 목숨을 한
줌 모래같이 탈탈 털어 넣고
　목숨 때문에라도 나는 이제 아름다워지긴 틀렸다고
인정했어
　한동안은 적어도 한동안은
　어차피 창밖에는 오래 머물 수 없으니까

　내 앞에서 웃고 있는 사람들 창밖의
　새들, 나무들, 산들, 바다들 숨기고 싶은 것들만
　가득 담긴 지구는 뒤집어진 호주머니

　조리원 창틀의 새가 창에 비친 우스꽝스러운 자신의
모습이 부끄러운지
　새벽부터 부리로 톡톡 창문을 쪼고 있어

　새야 새야 잠깐이니까 괜찮아, 앞으로 남은
　새야 하는 우리 밤들은
　괜찮아

첫눈에 알아보고 떠나보내다

너를 만나고 첫눈에 알아본다
자꾸 눈길 따라, 내 눈빛이 저벅저벅 걸어가 만난
눈을 뗄 수가 없는 너의 눈이, 나의 눈이란 것을

태어나기 이전에 본 것을 빠짐없이 다 잊으려고, 처음
으로 누군가가 두 눈을 누군가에게 훔쳤다
그러자 수가 모자라진 눈 때문에, 우리는 순서대로 태
어나기 전에 두 눈을 다른 이에게서 훔쳐 나올 수밖에 없
게 되었다
나도 누군가에게 훔쳐 온 두 눈으로 마치 처음 보는 것
처럼 부모를 보고, 애인을 보았다
간절히 잊고 싶은 게 있어, 일부러 내버리듯 잃어버리
고 온 눈을 이제 와서 나는 왜 찾으려 할까
홀린 듯, 잃어버린 서로의 눈을 찾으려
형광등 불빛에 한쪽이 깨져 나간 까만 구슬처럼, 아이
가 실컷 가지고 놀다 버린 상처투성이 구슬처럼
여전히 빛나는 서로의 눈을 뚫어져라 살펴본다
불현듯 불빛에 깨져 나간 눈동자 틈에서 눈물이 새 나
온다

내 눈을 훔쳐 간, 너의 눈을 보며

태어나기 직전까지 내가 본 것들을 어쩔 수 없이 모조리 다시 보게 된다

결국 다 알게 된다

내가 아무것도 잊지 못하게 한 너는, 내 눈을 되돌려줄 생각이 없다

(네게 훔쳐 온 내 눈을 보며, 네가 앞으로 보게 될 시간들도, 네가 태어나기 전부터 잊으려고 무던히 애썼던 시간이란 것을 알게 된다)

그래서 나는 네게 못된 말을 쏟아낸다

너의, 내 눈에 눈물이 고인다

하루 먼저 사는 일

　매진된 티켓으로 따라잡을 수 없는 시차가 생긴 것뿐
어쩌면 여객기로 하루 거리에 있을 뿐이다.
　내가 태어나기 전, 줄곧 아버지는 나보다 딱 하루쯤 먼
저 살고 있었던 것이다.
　그가 잠시 눈감은 날부터 이번에는 내가 그보다 하루
먼저 살고 있다.

　갑자기 그가 쓰러져, 자신의 몸에서 긴 옷깃처럼 흩날
리며 흐르던 한 자락의 시간을 그만 깔고 누워 있을 때
　그것도 모르고 나는 그의 저녁을 차려놓고 먼저 오늘
로 넘어와버렸다. 내가 떠난 어제
　그는 일어나 주린 몸을 꺼입고 밥을 먹었다.
　곧 내가 그의 몸을 화장하러 가는 줄도 모르고.
　나는 내 몸에서 나눠진 그의 체중을 빼내려고 오늘도
식음을 전폐했다.

　몇 년 후;
　어제에 내가 차려놓고 온 밥을 먹으며 그는 울었다.
　오늘 내 눈에서, 그가 흘린 눈물이 흘러나온다.

나는 울지 않는다. 어쩌다

　내 눈에서 갑자기 눈물이 흘러넘칠 때도 그건 내가 아
닌 '그들'이 흘린 눈물이다.

　내가 아는 모든 '망자'보다 나는 그저 하루 먼저 살아
가고 있다.

　그들을 위해 내가 미리 차려놓아야 할 것들이 하루가
부족하도록 많다.

　어제와 오늘이라는, 내 발에 너무 큰 한 켤레 운동화를

　내 눈에서 길게 흘러내리는 '그들'의 눈물로 벗겨지지
않게 꽉 비끄러매준다.

　어제와 오늘을 양발에 신고 가랑이가 찢어지도록 긴
하루를 걷는다.

　'내일'은 신발 한 짝처럼 도로 한가운데 서늘하게 버
려져 있다.

　누군가 그것을 밟고 그만 또 넘어진다.

　어느 날 나도 걷다 넘어지면 단 하루 만에 '그들'을 만
날 수 있다.

햇살

이곳에 드리워진 암막 같은 밤이 걷히면 햇살이 이곳을 구석구석 만진다. 해변이 훤히 보이는 소공원. 소나무가 작은 군락을 이루고 있고 나무 사이 여기저기 해먹이 걸려 있는 곳.

너는 매일 수평선에 두 번 절한다. 너는 자신이 속한 시간에 대해서 내게 말하지 않는다. 대체 너는 어느 시간에 있냐고 물어도, 순전한 농담으로 듣고 웃고 만다.

얼마 전에, 한밤에, 암막 뒤편에 도둑이 들어 잠든 내 가슴뼈를 열어 귀중품들을 발굴해 갔다는데, 그 일이 신기한 경험이었던 이유는 남아 있는 귀중한 것이 하나도 없었기 때문이다.

빈 가슴을 몰래 한번 열어보니 무엇이 귀중해 보이나 물으니, 뼈는 몸 안으로 파고 들어간 굳은살이라고 말한다. 그 알쏭달쏭하고 순순한 대답을 꼬투리 삼아, 그 도둑이 정말 너였냐고 되묻는다.

너는 막 수평선을 향한 두 번의 절을 마치고, 대답 없이 바다에 제물처럼 몸을 던진다. 아침 해가 솟고 수평선이 봉분처럼 부풀어 오른다.

해수욕을 마치고 나온 너는 차가워진 온몸으로 따뜻하고 보드라운 햇살을 만진다. 해변의 백사장이, 알몸의 아이들이, 늙은 나무들이, 주인 없는 파라솔과 해먹들까지도, 나 역시 거부하지 못하고 햇살을 쓰다듬는다. 기억 속에만 여태 사는 죽은 사람의 따뜻했던 체온의 살갗을 만지듯 시간을 잠시 멈춰놓고 가만히 쓰다듬는다.

눈을 감고, 햇살은 왜 이렇게 따뜻하고 보드라울까 은연중에 물으니, 웬일로 너는 단호히 답한다. 몸이 없잖아. 죽어서 차갑게 체온을 끌고 내려갈 몸이 없잖아. 오직 기억의 성분으로만 이루어져 있잖아, 햇살이라는 살갗은.

햇살을, 만지며 이곳의 아이들이 무럭무럭 자라나, 우리처럼 무럭무럭 늙어간다.

호흡의 비밀
― 自序

방금 전, 초침이 손목을 긋듯 자정을 스쳐 갔을 때
지구상의 몇 명이 숨을 내쉬고, 또 들이쉬었는지
멈췄는지
호흡들의 부력으로 지구는 간신히 제자리에 떠 있다

차가운 물을 끓이다가 보면 되살아나 커지는 물의 호
흡 소리를 들을 수 있다
나는 되살아나려는 물에 죽은 물고기를 빠뜨린다
무와 두부를 잘라 넣고 맑은 탕을 끓인다

딸은 늘 죽은 듯 자는 능력을 타고났다
자기의 잠과
잠이 두부처럼 둥둥 떠 있는
조용히 끓고 있는 열 감기의 호흡 주위로, 혹시 꺼져버
릴라
나를 불러들이고 붙잡아두는 능력이 있다

호흡은 각자 잘 숨겨온 비밀 같은 것일지도
몸 안이 자욱해서 할 수 없이

조금씩 흘렸다가 얼른 되삼켜 누구의 주위도 끌지 않
으려 조심하는 최소한의 불가피한 행위

　　내 비밀은, 내가 살아서 여기 있다는 사실
　　호흡하고 있다는 사실처럼
　　그것을 나는 자주 잊는다
　　나의 생존이, 내가 잊은 나만의 비밀이었다는 사실을

　　살아 있다는 걸 모른 채 살아가야 사는 데까지 살 수
있을지도
　　백수의 내 할머니가 말했더라도
　　깜박깜박 잊히는, 내가 살아 있다는
　　나만 모르는 것 같은 비밀을 좇으려
　　내 숨의 온도와 소리와 물결에 구멍 난 두 귀를 띄워
보지만

　　잘 모르겠다
　　인간은 왜 호흡을 하게 진화했는지
　　자신도 줄곧 잊고 사는, 자신 말고는 알려는 이도 관심

도 없는

알량한 비밀 때문에?

누군가, '당신이 그곳에 살아 있다'는 그 비밀을 지켜 주려 그렇게 설계했는지도

나도 알아, 하며 불현듯 터지는 옆 사람의 울음

밀물과 썰물 같은 호흡 위에 띄워진 구멍 난 목선 같은 울음

호흡이 없으면, 물밑으로 가라앉지도 못할 울음

우리는 옆 사람이 흘린 울음의 찌꺼기

녹슬고 나중에 먼지나 일으킬 침전물

세상 나무들로 쓱쓱 쓸어, 나무들 밖으로

하루에도 몇 번씩 도시로 우리를 쓸어 모아놓는다

까만 밤으로 덮어놓고

신은, 쓰레받기를 사러 갔다

그래 어서 우리를 싹 쓸어 담아 가시옵고

두 손을 모으고 안테나처럼 위로 뽑아 올려도 여태 연락 두절이다

세상은 비극으로, 가득하다

그냥 잊고 사는, 또 하나의 전형적인 비밀이다

살아 있다는 걸 잊는 편을 택한다면

그곳이 비극으로 가득하다는 비밀도, 모른 채 살아야
살 수 있어

전생 누구의 당부였더라, 멍투성이 여섯 살 아이는 골
똘히 생각한다

울음은, 울음 실은 더운 호흡은

혼자 창틀에 걸터앉아 하염없이 창문을, 만지지도 않
고 하얗게 열었다가 닫았다가 한다

그것이 아이의 호흡에 유일하게 분장된 일과다

여섯 살 아이의 울음은 늘 혼자 그러고 있다

창문 밖 누구도 그 호흡의 비밀을 아는 사람이 없다

어제는, 내가 하루 종일 가야 하는 곳에 있는

교회 주차장에서, 태어난 지 하루 된 아기가 호흡을 그
만두었다

자신이 살아 있다는 비밀을 혼자서 하루 만에 알아차
린 아기가
세상 누구보다 신속히 천국으로 돌아갔다
맑은 탕을 한 그릇 떠 아기가 돌아간 남쪽으로 둔다

지극한 사랑의 술법

박소란
(시인)

0.

언젠가 한 문예지의 '대담' 지면을 빌려 시인과 짧은 대화를 나눈 적이 있다. 네번째 시집 『가슴에서 사슴까지』(창비, 2018)가 나온 직후의 일이다. 당시 평이하달 수 있는 내 질문에 대한 시인의 답변에는 제법 흥미로운 구석이 있었는데, 다음과 같은 이야기가 그 예다.

몇 년 전 저는 영안실에 누워 계신 아버지의 시신을 보며, 황당하게도 이런 생각에 잠겨 있었습니다. '자 그렇다면 이제부터 아버지를 어떻게 해서 살려내지….' 그러면서 정말로 해결책을 고심하는 것입니다. 당연히 그런 해결책 따위가 있을 리 없습니다. 그런데도 상주였던 저는,

어떻게 될지 모르니(?) 일단 장례식을 좀 늦춰볼까 하는 생각을 진지하게 했을 정도였습니다. 그 사이 뭔가 죽은 사람도 일으켜 세우는 묘안이 나올 수 있지 않을까, 하는 비현실적인 생각을 했던 겁니다. 당시 저는 꽤 진지했습니다. 그래서 눈물도 안 나왔습니다.

─「그래서 걱정입니다」,『현대시』2018년 10월호, p. 163.

'이 선배, 생각보다 더 엉뚱한 사람이잖아!' 속으로 놀랐던 기억이 난다. 당시 나는 죽음으로 가득한 시집 곳곳에 묘하게 스민 삶의 기미에 대해 물었을 따름이다. 어째서 "하얀 재"(「가슴에서 사슴까지」,『가슴에서 사슴까지』)가 흩날리는 속에서도 생명의 이미지는 이토록 선연한지. 이에 시인은 앞선 대답에 붙여 자신은 "현실과 비현실의 경계가 모호한 어떤 질기고 이상한 의지를 가지고 있"다라고 고백했다. 죽음과 같은 극단의 사건을 나름으로 해결하기 위한 의지. 이것이 상상으로 발현되고 결국에는 시의 몸을 얻기도 한다고. 여기에서의 '의지'란 일종의 주술과 같은 게 아닐까 생각하기도 했는데, 이후 나는 이 신통한 힘과 함께 시인의 시를 더 깊이 헤아리게 되었다. 지금 여기에서 불가능하다면 저 너머 어딘가에서 불가사의한 무엇을 작동시켜서라도 반드시 이루겠다는, 죽음을 삶으로 바꿔놓고 말겠다는 간절한 마음을. 이번 시집 역시 그 마음의 산물임에 틀림 없다. 그는 "무수히 실금이 가 있"는 세상 속에서 "사람들의 유골이 담긴 오늘의 백자"(「백자」)를 곁에 두고 갖가지 궁리를 멈추지 않는다. 갈라진 상흔을 손보아 고칠 방도에 대해. 기어코 회복으로 나아갈 도리에 대해.

이 특별한 '감정의 출처'를 파악하기 위해서는 잠시 전작을 상기할 필요가 있다. 세번째 시집 『내가 살아갈 사람』(창비, 2015)에서 불현듯 시작된 추념의 태도는 『가슴에서 사슴까지』와 『유령시인』(아시아, 2019)을 거쳐 오늘에 이르렀다. 그 '불현듯'의 근저에는 어느 "계절에 일어난 참혹한 사건"(「가슴에서 사슴까지」)과 "돌아간 아버지"(「투명한 문장」, 『가슴에서 사슴까지』)의 일이 자리 잡고 있다. 시인은 2014년 봄에 아버지를 잃었고 그로부터 보름 후 세월호 참사를 목격했다. 특정한 개인적·사회적 사건을 굳이 거론하지 않더라도 "저절로 자전하는 이 땅의 누구든 산이나 바다로 누군가를 보낸 적이"(「너의 너머의 너울」) 있고, 삶의 자장 안에 불가피한 이 같은 비극이 어느 순간 시인을 송두리째 휘감았음이 분명하다. 몇 권의 시집을 통과해 이번 시집에 이르기까지 시인은 내내 삶을 잠식한 죽음에 대해 이야기했다. 삶보다 죽음의 편에 더 가까이 서서. "앞으로 내게 다가올 밤들은, 그가 죽은 그날 밤뿐이다/오늘 나무 그늘 아래에는 오래전 봄밤에 죽은 그가 있다/지금도 나와 시간을 공평히 나눠 쓰는 사람이다"(「다가올 지난 밤들」).

그러나 죽음의 그림자가 펄펄한 그의 시는 신비하게도 상실의 시편이 아니라 사랑의 시편이 되었다. 슬픔을 더하면 더할수록 막강해지는 사랑의 힘. 이것이야말로 그가 행하는 술법의 요체일 것이다. 그렇다. 그는 일찍이 "애도야말로 사랑의 가장 마지막 첨예한 지점이자, 새로운 사랑의 시작"(「그래서 걱정입니다」, p. 161)이라는 사실을 알아차린 이다.

1.

먼저, 여지없이 시집 가득 들어찬 슬픔에 대해 이야기해보자. 거의 매 페이지마다 놀랍도록 흥건한 물기에 대해. "밤사이 세상의 모든 시계 속 초침들이 소나기처럼" 쏟아지고, "나무 그늘이 온종일 서서히 녹아 세상을 검게"(「다가올 지난 밤들」) 물들이는 풍경. "내 검은 우산"으로는 결코 "막을 수 없는" 비, 그리고 비. 이처럼 도처에서 죽음의 흙탕물이 범람하는 삶이란……나와 너, 우리는 그저 "정류장에서 소나기를 가득 담은 구름 같은 얼굴로" 멈춰 있을 따름이다. "아무 말도 못하고, 몸 안이 비로 침수된 기분으로"(「머리 위의 그림자」). 그러다 이따금 "돌아보며 돌아오다 빙판이 된 웅덩이에"(「일교차」) 미끄러지고 마는 것. 발길 닿는 곳 여기저기 흩어져 놓인 웅덩이들을 누차 스치다 보면 아픈 누구든, 행여 아픔에 둔감한 이라 하더라도 그대로 어딘가 깊은 속으로 쓸려 가지 않을 수 없겠다.

그러나 시인은 좀처럼 감정의 소요에 휩쓸리지 않는 사람. 시시로 찾아드는 비의 사태를 피하지 못하면서도, 엎드려 마냥 울기보다는 "옆 사람의 얼굴에 젖은 낙엽처럼 달라붙어 있는 커다란 눈물들을 옆에서 가만히 한 장 한 장 떼어주"(「옆 사람의 거리」)고 "쌀알처럼 떨어진 네 눈물을 아무 말 없이" 집어드는 일에 몰두한다. 그것이 자신이 "할 수 있는 유일한 위로의 형태"(「눈물의 형태」)라는 듯. 그래서인지 시집 속 짙은 물기의 형상은 점차 변모해간다. "이 순간도 뚝 뚝 떨어지고 있는 세상의 모든 링거액처럼/이곳으로 스며들어/아주 조금씩 천천히 뛰는 심장처럼"(「생각이 든 사탕」). "갓난아기처럼 밤이 울면서 기어 오고, 창문마다 둥근 달이 우유병처럼 꽂"(「만약 우리의 시 속에 아침이 오지 않는다면」)히는 대목은 사뭇 경이롭다. 그리고 마침내 "작은 정원의 배추흰나비 애벌레가 되어 근심 걱정 없다는 친구의 편지를/나는 방금 창문에 떨어지는 빗방울들의 모스 부호로 전달받"(「진짜 하늘」)기에 이른다.

비결을 묻는다면 시인은 그저 "슬픔"이라고 답할 것 같다. 시인이 행하는 특별한 주술의 재료는 다름 아닌 눈물. 그는 슬픔의 힘으로 슬픔을 지탱하고 재건하고자한다. 슬픔을 그치지 않음으로써, 슬픔을 끝내 지킴으로써 기어코 복원을 이루고자 하는 것. "눈물이 악착같이쏟아져 시야를 가리는 이유가 있는 거야! 잊지 말고 눈물의 재료가 될 생수병은 꼭 챙겨야 해"하고 다짐하는것. 그는 "인간의 슬픔은 귀중한 우주행 티켓"이라고, "악착같이 품에 지녀야"(「살짝 식은 공기」) 한다고 역설한다.

아마도 이는 어느 한 시절을 통과한 후 스스로 터득한 결과일 것이다. "시들어가는 옆 사람이 문득 혼자 있다는 이유로/이유 없는 눈물을 흘릴 때/그 두통이나 외로움의 눈물 모두, 냉골인 내 방이 녹아 흐른 것일까./어디서 떨어져 나온지 모를 죄책감이 유빙처럼 떠다니는 방에 나는 둥둥 떠 있"(「옆 사람의 두통」)음을 몸소앓고 난 후의 일일 것이다. '죄책감'은 곧 "서로 몸을 바꿔 대신 죽을 수 있기를 꿈꿔왔"으나 "무수히 시도했으나 살아 있으므로 실패했다"라는 자책으로 이어지고,이는 다시 "나의 숨은 더 이상 나만의 숨이 아니게 되었다"(「바다와의 호흡」)는 명명한 자각으로 확장된다. "오늘 내 눈에서, 그가 흘린 눈물이 흘러나온다"(「하루 먼저 사는 일」)라는 시인은 더 이상 혼자가 아니다. 떠난'그'와 그 몫의 슬픔과 함께다. 시인은 누가 뭐래도 슬픔의 수집가. 슬픔의 계승자. 이는 살아 있으므로 실패

한 자, 실패했으나 살아 있을 수밖에 없는 자가 남은 삶을 지속하기 위해 택한 방법. 아픈 책무.

슬픔이란 족속은 으레 모든 것을 휩쓸고 난 뒤에도 자신의 거대한 위력을 드러내게 마련이다. 그리고 시인은 그것을 죽음이 아닌 삶의 원리로 환원했다. "그 잠깐 사이 눈으로 보아버린 슬픈 일들 때문에/그래도 죽지 않고, 산다"(「옆 사람의 두통」)고, 슬픔을 간직하는 것으로 비로소 살아갈 수 있다고. "언제부터인지, 나는 벌써 죽은 그가 없으면/존재할 수 없는 사람이 되었다"(「나는 태어나지 않은 사람」)라거나 "살아남은 이들은 염치없게도 죽은 이들이 언제까지고 늘 곁에 함께 있어주기를 고대한다"(「얼굴빛」)라는 대목에서 시인이 지시하는 재생, 회복의 의미는 좀더 선명해진다. 그것이 산 자와 죽은 자를 함께 일으키는 방향으로 작동하고 있다는 것. 삶은 죽음을 위로하고, 죽음은 삶을 보살피는 것으로. 삶과 죽음이 서로를 "담요처럼 끌어다가 덮으며 잠시 서로의 외로움을 꺼주"(「작명의 외로움」)는 것으로.

2.

슬픔의 지속은 어떻게 가능한가. 시인은 이에 대한 많은 부분을 '기억'에 의존하는 듯하다. 여기서의 기억이란 다분히 수의적이고 의지적인 행위다. "내가 어떤 기억을 유독 못 잊는 이유를 나조차 도통 '알 수 없'"(「아직 죽은 사람」)다 의아해하면서도 시인은 이내 "기억의 가장 슬픈 꼭대기로 더없이 천천히 올라간다"(「눈물의 형태」). 시인은 알고 있다. 슬픔을 지속하는 것은 기억을 지키는 것과 상통하고, 그것이야말로 궁극으로 '살리는' 일임을. 기억 속에 간신히 살아 있는 이들을 끝내 무사히 지키는 일임을. 때문에 그는 "너의 깊은 잠, 기억처럼 흩어졌다가도 밤마다 다시 뭉쳐 내 옆에 와 눕는" 그것을 "두 팔이 모자라게 안고 싶다"(「잠의 몸」) 힘주어 말한다.

기억을 놓지 않는 이가 바라보는 풍경이란 으레 이런 것. "길섶의 둥근 무덤은 뒷산의 무릎 같"(「유독 무릎에 멍이 잘 드는 너와 산책하는 일」)고 "해변의 모래는 죽은 이들이 미처 못 한 말들이 해와 달빛에 그을려 부스러진 잔해들"(「만약 우리의 시 속에 아침이 오지 않는다면」)과 같은 것. "지상 깊은 곳에 드리워진 세상의 나무들은/지금껏 죽어간 아이들의 수와 일치"(「깊은 곳에 나무를」)하는 것. 삶의 도처에서 죽음을 감지하는 것은 죽음과 함께 영위해가는 삶의 자연스러운 현상이다. 동시에 이는 죽음에의 상흔이 혼자만의 것이 아니라 이 세계에 속한 모든 존재의 공통 경험임을 직시해가는 과정인 것도 같다. "세상은 비극으로, 가득하"(「호흡의 비밀」)고,

결국 "인간은 무수한 상실을 네 묶음의 '계절'로 나눠 이름 붙"(「너와 환절기와 나」)일 수밖에 없었음을.

그러므로 "지금 내 옆에는 죽은 사람이 앉아 있다"(「나는 태어나지 않은 사람」)는 시인의 전언은 조금도 어색하지 않다. 다만 이럴 때 그는 어떤 연유에서인지 스스로를 일러 아직 "태어나지 않은 사람"이라 칭하곤 하는데……

얼마 전부터 내 옆에는 죽은 사람이 앉아 있다
분명히 그는 죽기 전보다 훨씬 젊어졌고
자신 옆에 앉아 있는 내 존재를 느끼고 있다
기지개를 켜다가, 벤치 등받이에 팔을 걸치듯
내 어깨를 슬쩍 안기도 한다
그러나 곧 팔은 허공을 휘젓고 제 허벅지 위로 떨어진다

어떤 근거도 없고 증거도 없지만 나는, 결코
떠올릴 수 없는 기억의 형태로 그의 옆에 앉아 있다
물론 그에게는 보이지 않는 모습으로
거의 그와 한 몸이 되어 앉아 있다

(그가 죽은 날부터, 나는 태어나지 않은 사람)

언제부터인지, 나는 벌써 죽은 그가 없으면

존재할 수 없는 사람이 되었다
죽기 이전보다 더 곁에 있는 사람이 되었다
더 더 더…… 곁에 있는 사람이 되어 급기야
그의 몸속에 마지막으로 흘러든 공기처럼 스며들었다

불현듯 잊었던 사실이 생각난 듯
나는 아직 태어나지 않은 사람이 되었다
수십 년 전 그가 어렵게 휴가를 낸 내 생일에 태어나
수년 전 그가 죽은 '그날 이후 참았던 울음'을 한꺼번에
터뜨릴
나는 아직 태어나지 않은 사람이다

그는 내가 태어나자마자, 이미 자신이
죽기라도 한 것처럼, 나를 그리워하기 시작할 것이다
—「나는 태어나지 않은 사람」 부분

'나'는 "죽은 사람"인 '그'와 "거의" "한 몸이 되어"
버린 사람. "죽은 그가 없으면/존재할 수 없는 사람". 이
사람 '나'는(아마도 시인은) 자신을 "아직 태어나지 않
은 사람"이라고 한다. "수십 년 전 그가 어렵게 휴가를
낸" 날, 그날을 '생일'로 태어난 게 분명하나 지금 '불
현듯' 다시금 태어나지 않은 사람. 때문에 이미 죽은
"그의 몸속에 마지막으로 흘러든 공기처럼 스며" 간신

히 살 수밖에 없는 사람. 혹은 살아 있지 않은 사람. 이는 근본적으로 "차마 당신들이 죽었다고 이야기할 수 없어서 차라리 내가 죽었다고 이야기하는 것"(「미래로 간 시인의 영혼」)과도 같다. 그러므로 지금 이 세계는 '삶'과 '죽음'이 뒤바뀐 혹은 뒤섞인 채다.

앞서 이야기한 '기억'을 되짚어보자. 시인은 슬픔이 잇대어진 기억을 조금도 잃고 싶지 않다지만, 사람의 기억이란 얼마나 연약한지. 그것은 애당초 왜곡과 변형을 피할 수 없다. 시간의 풍화작용을 견딜 길이 없다. 더욱이 그 기억이 "간절히 잊고 싶은"(「첫눈에 알아보고 떠나보내다」) 사건에서 파생한 것이라면. 그렇다면 기억의 이 같은 작용이 스스로 나름의 신비를 불러올 수도 있지 않을까, 하고 시인은 상상한 듯하다. 여기서 다시금 특유의 주술이 행해진다. 이는 물론 기억을 더욱 굳게 지니기 위한 것으로, "기억 속에만 여태 사는 죽은 사람의 따뜻했던 체온의 살갗을 만지듯 시간을 잠시 멈춰놓고 가만히 쓰다듬는"(「햇살」)다. 과거와 현재와 미래를 바꾸고 시작과 끝을 바꾼다. 삶과 죽음을 바꾼다. "단 한 번도 완성되지 않는 이 시간이라는 퍼즐"(「나의 퍼즐」)은 시인의 손끝에서 유동을 거듭한다.

"내가 오늘 만든 카스텔라는 우유식빵 같고/네가 오늘 만든 우유식빵은 카스텔라 같다"라고 상정해보자. 일상 속 우연한 사고로 촉발된 일을 시인은 이렇게 요리한다. "최대한 실패하지 않는 방향으로 함께 가려는/ 보이지 않는 의지의 힘"으로. 우리에게는 카스텔라와 우유식빵이 꼭 필요하니까. 그러니까 "우리의 카스텔라 와 우유식빵은/우리의 과거와 미래 같다"라며 "상대의 미래를 나의 과거로 또는 그 정반대로/바꾸어보"(「정반 대의 카스텔라와 우유식빵」)는 것.

이런 식이라면 "당신이 이미 죽은 먼 미래의 어느 밤"(「아직 죽은 사람」)이라는 요상한 발화는 마땅히 가 능해진다. 시인에게 죽음은 과거의 일이자 동시에 미 래의 일. "어느 날 문득 차임벨이 울리고, 내일로 가는 일인용 엘리베이터에 올라타듯 입관하며 그는 순식간 에 내일로 이동했다. 여태 오늘에 남겨진 사람들이 떨 군 몇 개의 유리구슬처럼 둥글고 단단한 눈물을 밟고 미끄러져/내일로". '내일'이라는 과거로 이동한 그는 '내일'이라는 미래를 빌려 다시 도래할 것이다. 때문에 "그는, 내일 올 거야"의 '내일'을 우리는 믿을 수 있다. "아버지인 그와 아들인 그와 친구인 그가 오기로 한 내 일"(「내일 오기로 한 사람」)을. 이별했던 그 모두가 만나 어울리는 내일을.

이 같은 표현은 삶과 죽음의 간극, 그 '시차'가 오 늘과 내일, 즉 단 하루의 일로 좁혀졌음을 시사하기도 한다. 시인은 이제 "단 하루 만에 '그들'을 만날 수 있 다"(「하루 먼저 사는 일」)고 전한다. '엘리베이터'에 올라타기만 한다면 그보다 더 빠른 시간 내 가능할지도 모른다. 삶과 죽음의 심대한 괴리를 다만 하루로 가뿐히 변환하다니. 이는 얼마나 오랜 고통 혹은 고심의 결과일까. 시인은 주문처럼 읊조린다. 삶과 죽음은 그저 오늘과 내일만큼이나 가깝고 언제나 그랬듯 내일은 또 금세 당도할 것이라고. "검은 봉지"의 시간이 지나면 어김없이 누군가 "문을, 또 열"(「위독 일기」)어 보일 것이라고.

3.

일련의 과정을 거쳐, 시인은 삶과 죽음을 좀더 자유로이 교통할 수 있게 했다. 그리고 이 같은 교통은 시라는 장에서 비로소 완전하다고 믿고 있다. 바로 지금 "우리가 만나고 있는 이 '시 세계'" 말이다. "시 밖에서 우리는" 여전히 "생면부지"(「만약 우리의 시 속에 아침이 오지 않는다면」)임을 환기하는 데 이어 시는 슬픔과 기억이 지속되는 애도의 공간이 될 수 있다고, 그렇게 되어야 한다고 시인은 끊임없이 말한다. 이번 시집을 이야기하는 동안 나는 굳이 시인과 화자(들)를 구분할 필요를 느끼지 못했다. 시 속 모든 이야기가 '나'라는 화자의 일이자 동시에 시인의 일, 시인이 기꺼이 받아안은 '시인의 소임'으로 비친 까닭이다.

'시인'에 대해서라면 전작에서 그 모습을 익히 확인한 바 있다. 시 「유령시인」(『유령시인』)에는 "시인은 슬픈 글자를 채워 허공에 백지를 입힌다/보이지 않는 이들의 투명한 몸에 백지를 입힌다"라는 구절이 있다. "슬픈 글자"를 채운 '백지'란 시인이 떠난 이들에게, 아픈 이들에게 건넬 수 있는 유일한 치유의 방책, 다름 아닌 '시'의 진면일 것이다. 이때 시를 쓰는 이의 모습은 "미라처럼 백지를 잔뜩 껴입은" 채다. 미라처럼…… 이번 시집에서는 어떤가. 시인은 "세상에 존재하는 표백제로는 아무리 빨아도 결코 다 빠지지 않는 슬픔의 때가 미량이나마 껴 있어서, 결국 죽을 때까지 제대로 입어보지도 못하고 계속 다시 빨아야 하는"(「가장 큰 직업으로서의 시인」) 속옷을 입은 이다. 슬픔을, 슬픔의 기억과 기록을 멈추지 않는 존재. 그러므로 삶과 죽음을 동시에 껴안은 존재. '유령시인'이란 명명이 새삼 의미심장하게 다가온다.

그런 시인의 자리는 언제나 "가난한데 자식까지 잃은 사람"의 곁이다. 앓는 이들을 가장 먼저 태운 "우화등선이라는 이름의 우아하고 아름다운 우주선" 그 마지막 자리. "혹시 자리가 남으면 시 쓰는 사람들을 태운다는"(「우화등선」) 탑승 규칙은 시의 사회적 역할과 효용 등을 짚어보게도 한다. 이때 유령시인의 얼굴은 언뜻

삶과 죽음, 인간과 신의 매개를 자처한 제사장의 그것과도 오버랩된다. 그러므로 죽음이라는 사건이 이 세계 도처에서 모두가 함께 겪는 비극임을 알아차린 뒤 "무수한 표정으로 울던 무수한 얼굴"(「옆 사람의 거리」)을 살피거나 "생물들의 마지막 표정이/내게 들러붙어 켜켜이 쌓였다/나는 지구처럼 황폐해지고 커지고 있다"라고 체감하는 시인의 면면은 마땅히 "'자연'스러운 이치"(「지구가 자꾸 커진다」)가 아닐까.

시인의 몸속은 펄떡이는 생명들로 가득하다.
방랑자들의 젖은 신발과 희생자들의 난파된 영혼으로 가득하다.

시인은 낮에 눈을 꼭 감고 있다.
몸속의 것들이 새어 나갈까 봐, 차마 눈 뜰 수 없다.
대낮부터 수평선 너머에는 검은 밤이 해일처럼 몰려온다.

[……]

뚝뚝 눈물이 땅에 떨어져 모래처럼 부서지는, 눈물 많은 가엾은 나의 시인.

눈물의 계절, 먼 수평선은 시인의 감은 눈.

나의 수평선으로 까맣게 몰려가 눈썹처럼 달라붙은 철
새들.

나의 시인은, 오늘도 본 참혹한 장면들이 눈 밖으로 새
어 나가 흩어지고 잊힐까 봐

밤이 오도록 꼭 눈 감고 있다.

　　　　　　　　　　　　　　　　　—「내 시인의 감은 눈」 부분

시인은 자신이 경험한 '참혹'이 자신 밖으로 새어 나가
지 않도록 눈을 감는가 하면 언젠가 "간절히 잊고 싶
은 게 있어, 일부러 내버리듯 잃어버리고 온 눈"마저 찾
아내어 "태어나기 직전까지 내가 본 것들을 어쩔 수 없
이 모조리 다시"(「첫눈에 알아보고 떠나보내다」) 보는
이다. 그런 "시인의 눈동자는 무수하"고 따라서 "한 명
의 시인은 지구상의 인구수만큼 무수하다"(「내 시인의
감은 눈」). 시인의 작업은 "살아 있는 자들이 그어놓은
선을 넘지 않아도" 죽은 이들이 이 세계로 "쉽게 들어
올 수 있"는 일종의 '괄호'를 만드는 일. "지금 네가 들
고 있는 시집"이 바로 그 일의 소산이다. 그러므로 시집
이란 "괄호 밖으로 하나 빠져나간 것 없이 고여 있"는
"슬픈 기억"(「자꾸 생각나는 괄호」)의 집이라 불러도 좋
을 것이다.

시인은 오늘도 시를 쓴다. "세계 안팎이 온통 까매서

아무도 그의 아름다운 까만 글자들이 자아낸 시편들을 "못" 볼지도 모르지만 시인의 "몸속엔 이미 빈틈없이 밤이 들어차 있다"(「미래로 간 시인의 영혼」). 그러므로 애도는 멈춰지지 않는다. "뜬눈의 청정기"(「공기 청정기와 나」)처럼 잠들 수 없다. "아주 길고 가는 연기가 아무런 방해도 받지 않고 고요히 하늘로 올라"갈 수 있도록 "밤낮으로 '공중'을 둥글게 부풀린다". 그것이 "흡연 활동"처럼 몸을, 그리고 마음을 해치는 일이라 할지라도. "혼자만 오래 살겠다고 금연하는 것은 얼마나 이기적인 무임승차인가." 시인은 "세상 사람 모두가 금연을 하게 되면 지구가 정말 땅바닥으로 추락할 것이라고 믿는다"(「금연에 대한 우리의 약속」). 슬픔을 멈추게 되면 지금 이 세계 우리의 공동체는 끝장날 것이라고 확신한다. 이쯤 되면 시인의 '질기고 이상한 의지'란 결국 믿음과 결부된 일, '믿음의 술법'이라 해도 좋을 듯하다.

　무한히 계속될 이 애도의 시간은 주지하듯 "오직 사랑의 힘으로만 설명될 수 있"다. "눈물이 듬뿍 들어간"(「좋은 날을 훔치다」) 시인의 요리는 결국 사랑의 요리. 사랑의 시. 죽음의 이야기가 아닌 삶의 이야기. 죽은 자와 산 자가 함께 살아가는 이야기. 슬픔을 소중히 간직한 채 우리는 기어이 살아갈 수 있음을. 사랑할 수 있음을. 지금 이 이야기를 반복해서 읽고 있는 우리의 시점에서 어쩌면 시인은 "먼 미래에, 혼자 있는"(「미래로 간 시인의 영혼」) 우리와 끝없는 대화를 나누어준 사람 인지도. "시는 그렇게 쓰자마자 묻힌다. 아무도 읽어봤 다는 사람이 없다"(「미세 먼지와의 전쟁」)며 지금 이 순 간에도 시인은 상심을 그치지 않겠지만, 그 상심이 무 색하게도 우리는 "커다란 글씨로 정성껏 씌어진 시인의 생존 신호"(「미래로 간 시인의 영혼」)를 끝내 발견할 수 있었던 것이다. ▨